저만치 혼자서

바이링궐 에디션 한국 대표 소설 085

Bi-lingual Edition Modern Korean Literature 085

Alone Over There

김훈
저만치 혼자서

Kim Hoon

ASIA
PUBLISHERS

Contents

저만치 혼자서

Alone Over There

도라지수녀원의 정식 명칭은 '성녀 마가레트 수녀원'이다. 교구청의 김요한 주교가 이름을 지었다. 마가레트 수녀는 12세기 라인 강 언덕의 자연동굴 안에 들어 있던 '피에타 수녀원' 소속이었다. 아들의 사체를 무릎에 안고 성부에게 간구하던 마리아의 기도를 이어가는 것이 그 수녀원의 서원이며 일과였다. '피에타 수녀원'은 라인 강의 시퍼런 강물이 산악구간을 굽이쳐 나가는 협곡에 자리잡아서 외부에서는 보이지 않았다. 수녀원의 계율은 은둔과 침묵이었는데, 계율을 따로 정하지 않아도 은둔과 침묵은 그 동굴 속에서 이미 실현되어

The official name of Bellflower Convent is Saint Margaret's Convent. The name was given by Father Kim Johann, a bishop at the diocese. Sister Margaret belonged to Pieta Convent, which was located inside a naturally formed cave on a hill by the Rhine during the 12th century. The vow, and daily routine, of the convent was to carry on the prayer of the Virgin Mary, who beseeched the Holy Father while cradling the dead body of her son. Nestled in a ravine where the deep blue water of the Alpine Rhine twists and turns, Pieta Convent was not visible from the outside. The convent's precepts were seclusion and silence, which were already well at-

있었다. '피에타 수녀원'의 연혁은 전해지지 않았고, 알 수 없는 세월이 지난 후에 동굴 입구는 가시나무 덩굴에 덮였다. 19세기 초에 산사태로 동굴 입구가 드러났고 대학 발굴단은 동굴 안에서 청동제 성합(聖盒)과 사슴뼈로 만든 묵주, 늙은 여성의 허벅지뼈, 젊은 여성의 어금니, 두개골 파편들을 다량으로 수습하고 거기가 중세 고행주의 수녀원의 자리였음을 확인했다. 타격에 의해 파열된 골편들과 불에 탄 낱알이 널려 있는 걸로 봐서 수녀원은 라인 강을 건너온 이교도의 습격을 받아 소멸한 것으로 발굴단은 추정했다. 여러 세기들의 저녁에 라인 강은 노을 속을 흘러서 하늘에 잠겼는데, 퉁퉁 불은 사체들과 전쟁 쓰레기들이 뒤엉켜서 물과 하늘이 닿은 그 너머로 흘러갔고 덜 죽은 말들이 떠내려가면서 울었다.

마가레트 수녀는 삼십대 초에 이 은둔과 침묵의 동굴을 버리고 대처로 나와서 말먼지 속에 천막을 치고 부상자, 나환자, 전쟁고아 들을 거두어 먹이고 죽음의 곁을 지켜서 임종을 보살폈다. 적대하는 이쪽과 저쪽의 부상병들, 전염병 환자, 종군 창녀, 병든 아이 들이 마가

tained inside that cave without the need for their prescription. The convent's history was unknown, and after some time, thorny vines covered the entrance to the cave, until a landslide revealed it in the early 19th century. Excavators from the university collected from the cave piles of bronze ciboria, rosaries made from deer bones, femurs of old women, molars of young women and fragments of skull, and confirmed that this was the site of a medieval Ascetic convent. Based on the abundance of scattered bone pieces ruptured by blows and of burnt grains, the excavation team concluded that the convent had perished from an attack by heathens from across the Rhine. While the Rhine flowed through the nightly sunsets and got steeped in the sky over many centuries, the swollen corpses and the debris of the war flowed in a messy mix beyond where the water meets the sky, and the horses, not fully dead, cried as they drifted down.

Sister Margaret deserted this cave of seclusion and silence for the city in her thirties, set up tents amid equine dust, took in the wounded, the lepers and the war orphans, fed them and saw them through their death, staying beside them in their final moments. The wounded from this side and the

레트의 천막에서 죽었고, 죽어 가는 여자들이 가랑이를 벌리고 애를 낳았다. 이쪽과 저쪽이 싸우고 저쪽은 또 그 너머의 다른 쪽과 싸워서 끌려나온 군병들은 어느 쪽과 싸우는지를 모르면서 돌격했다. 적대하는 여러 군대들이 마차에 부상병을 싣고 와서 마가레트의 천막촌에 버렸고, 들에 널린 사체를 따라서 전염병이 번졌다.

마가레트는 죽어가는 자들에게 살아 있는 동안의 삶의 궤적을 묻지 않았다. 마가레트는 죽어가는 자들을 한 사람씩 개별적으로 씻겨서, 구원이나 인도가 아니라 동행의 방식으로 임종까지 함께 가서 망자들을 배웅했다. 망자들이 숨을 거두고 나면 마가레트는 늘 기도했다.

"주여, 저를 이 사람보다 나중에 거두어들이시니 제가 이 사람을 배웅합니다. 주여, 이 영혼을 받아주소서."

그 기도는 돌이킬 수 없는 것을 돌이킬 수 없는 자리로 보냈다. 기도는 평안했으나 죽음에는 동행이나 배웅이 불가능하다는 생각이 들 때 마가레트는 또 기도했다.

"주여, 우리를 불쌍히 여기소서."

마가레트는 구십 살이 넘도록 전쟁 뒤치다꺼리를 하다가 콜레라에 걸려서 죽었고, 마가레트가 숨을 거둘

other, opposing side, sufferers of epidemics, camp-following prostitutes, and sick children died in Margaret's tents, while dying women spread their legs to give birth. This side battled that side, which battled yet another side, and soldiers who had been dragged into the war charged forth without knowing which side they were fighting. Many soldiers from opposing sides brought the wounded in horse-drawn carriages to dump them in Margaret's tent village, and diseases spread from the corpses that littered the fields.

Margaret did not ask the dying about their life story. She washed them one by one, went with them to their death as their companion rather than as a source of salvation or deliverance, and saw them off. After their death, Margaret always prayed:

—Lord, since You are taking him in before me, I am seeing him off. Lord, please receive this soul.

This prayer would send what could not be undone to a place from which it could not return. Although it was peaceful, Margaret would say another prayer when she felt it was impossible for to have company or a send-off at death:

—Lord, have mercy on us.

때 라인 강 이쪽과 저쪽에 무지개가 드리워졌다고 구전되었다. 이교도들의 기록에는 마가레트는 수녀가 아니고 수도복으로 위장한 마녀였고 그녀가 부상자들을 고친 것은 모두 주술의 힘이었다고 남아 있다. 후세에 문자로 정착된 기록은 구전과 설화와 전달자들의 몽상으로 뒤섞여 있었다.

수녀들이 노후를 의지할 곳이 없어서 교회는 오래 걱정했다. 교구청은 철새 돌아오는 충청남도 바닷가에 호스피스 수녀원을 설립하고 늙은 수녀들을 모셨다. 교구청은 이 수녀원의 이름을 '성녀 마가레트 수녀원'이라고 지었는데, 죽음을 보편적인 자연현상 속에 내던져 버리지 않고 죽어가는 자들을 하나씩 개별적으로 씻기고 달래서 경계까지 동행한 마가레트 수녀의 그 한없이 낮은 뜻을 기리는 이름이었다. 이름을 지은 김요한 주교는 혼자서 만족했다. 죽음이 죄의 대가라 하더라도 세상의 한없는 죄와 죽음을 유형별로 나누어 개념화하거나, 세상의 저울로 달아서 무겁고 가벼움을 말할 수는 없을 것이었다. 하느님이 인간을 사랑하심은 인류 전체의 보편성이나 추상성에 대한 사랑이 아니고, 살아 있는 구

Margaret cleaned up after the mess of the war into her nineties, and died of cholera. Oral legend said rainbows hung on either side of the Rhine as she drew her last breath. According to heathen records, Margaret was not a nun but a witch disguised in a nun's habit, and it was with the power of witchcraft that she healed the wounded. The written records established later were a blend of the oral legend and the reveries of those who passed it down.

The fact that the nuns had no place to go in their old age troubled the Church for a long while. The diocese set up a hospice convent for them by the ocean in Chungcheongnam-do where migratory birds wintered. It was named St. Margaret's Convent by the diocese in honor of the endlessly humble spirit of Sister Margaret, who washed and lulled the dying one by one and accompanied them to the verge, instead of casting death off as a routine phenomenon of nature. Bishop Kim was satisfied with himself for having come up with the name. Even if death were the price of sin, one should neither conceptualize sins and deaths by categorizing them, nor speak of their levity or gravity by

체적 존재에 대한 개별적 사랑이라야 마땅하므로 마가
레트 수녀의 생애는 사랑의 구체성, 개별성, 직접성을
실현함으로써 인간의 힘으로 섭리를 증명한 것이라고,
김요한 주교는 축성미사 강론 때 수녀원 이름을 지은
배경을 설명했다. 십 년 전의 일이다.

'성녀 마가레트 수녀원'은 자체의 응급의료진이 있었
고 지역의 종합병원과 의료전달망이 연결되어 있었다.
교구청에 속한 여러 본당에서 젊은 수녀들이 파견되어
이십사 시간을 교대로 수발을 들었다. 교구청은 수녀원
오른쪽의 임야 일만여 평을 매입해서 묘지로 사용할 수
있도록 용도허가를 받았다. 바다를 내려다보는 서향 언
덕이었다. 경사가 완만해서 드러난 심술기는 없었지만
썰물 때는 앞이 아득해서 닿는 곳이 없었고 뒤는 기댈
곳이 없었다. 땅이 좌우가 비어서 근본이 들떠 있었고,
저녁 무렵에는 먼 바다로 내려앉는 햇빛이 막무가내로
달려들었다가 이내 사위는데, 빛이 물러갈 때 땅을 어
둠 속으로 끌고 들어가서 가뭇없었다. 바람을 피할 만
한 가림이 없어서 땅은 피부가 없는 살처럼 해풍에 쓸

weighing them on the worldly scale. God's love for us isn't about the commonality of abstraction of the entire, but should be received individually by specific, living beings. In this light, Sister Margaret proved this Providence by realizing the specificity, individuality and immediacy of love in her life as a human being. So explained Bishop Kim during his homily about how the convent had come to bear her name at the mass of consecration. That was ten years ago.

St. Margaret's Convent had its own emergency medical staff with connections to local general hospitals. Young nuns were dispatched from the many parishes that belonged to the diocese to provide round-the-clock care. The diocese got permission to purchase the approximately eight acres of woodland adjacent to the convent to use as a cemetery. It was on a hill looking west in the direction of the ocean. Though its mild incline did not give away any meanness it might have, the hill seemed out of reach of everything during high tide, with an endlessly stretched mud flat in its front, and behind it, there was nowhere for it to lean back. Its foundation was unstable, the ground on

리었다. 늦가을에 왔다가 겨울을 나고 가는 새들도 갯벌에서 먹고 잤고, 그 바람맞이 언덕에는 얼씬거리지 않았다. 주민들은 그 땅을 꺼려해서 묘를 쓰지 않았지만 교회는 풍수와 무관했다. 묘지는 수녀원 마당에서 오른쪽 샛문으로 통했고 샛문 아치 위에는 줄장미가 넝쿨졌다. 교구청에서는 상장례(喪葬禮)를 공부한 신자에게 묘지 관리를 맡겼다. 수녀원에서 죽은 수녀들은 그 관리인의 염습을 받아서 언덕 묘지에 매장되었다. 수녀원이 설립된 지 팔 년 만에 봉분 열다섯 기가 들어섰다. 봉분들은 석양에 붉었다가, 새벽에는 이슬에 젖었다.

봉분 열다섯 기가 들어서는 동안 늙은 수녀들 사이에서 '성녀 마가레트 수녀원'이라는 이름은 '도라지수녀원'으로 바뀌어 있었다. 문서에까지 그렇게 쓰는 경우도 있었는데, 교구청은 모른 체했다.

수녀원 화단에는 장미가 흐드러졌다. 여러 종류의 장미들이 봄부터 피어났는데, 초겨울에는 서리 맞은 장미 송이들이 오히려 생생했다. 마당에는 인기척이 없어서 꽃송이들은 더욱 영롱했다. 화단에는 도라지는 없었고, 묘지 뒤쪽에 두어 포기가 저절로 올라와서 꽃이 피었

18

either side hollow. And at the end of the day, the sunlight touching down on the faraway sea charged the hill ferociously only to burn itself up right away; the light would drag the ground with it into darkness, leaving no trace. With nothing to shield it from the seaside wind, the ground was chafed like skinless flesh. Even the migratory birds, who arrived in autumn and left after spending the winter there, ate and slept on the mud flat, not stepping foot on the wind-breaking hill. While the villagers were reluctant to use that land for their graves, the church was not concerned with *feng shui*. The right side door of the convent's yard led to the cemetery, and its arch was adorned with vines of climbing roses. The diocese assigned the management of the cemetery to a parishioner who had studied funeral service and mortuary science. The nuns who died in the convent were washed and shrouded by the parishioner and buried in the cemetery on the hill. The convent's first eight years saw fifteen mounds put up. The mounds were red at sunset and wet from the dew at dawn.

Over the time the fifteen mounds came to be, the name St. Margaret's Convent became Bellflower

다. 저절로 올라온 자리에 뿌리를 내려서 해마다 꽃이
피었는데, 땅이 메말라서 도라지는 더 이상 퍼지지 않
았다. 늙은 수녀들은 건물 밖으로는 거의 나오지 않았
고, 산책할 때도 묘지까지 올라가는 일은 별로 없었다.
누군가가 죽어서 매장을 할 때 수녀들은 묘지에서 도라
지꽃을 보았다. 흰 꽃과 보라색 꽃이 섞여 있었는데, 장
미 화단의 넘쳐나는 색깔에 눌려서 묘지의 도라지는 눈
에 띄지 않았다. 꽃에서 수녀원 이름을 따오자면 '장미
수녀원'이 제 이름일 것 같은데 '도라지수녀원'으로 굳어
진 까닭을 늙은 수녀들은 설명할 수 없었다. 묘지 이름
도 '도라지동산'으로 굳어졌다. 재작년에 이 수녀원에서
여든일곱 살로 죽은 오수산나 수녀가 죽기 전에 그 이
름의 배경을 설명한 적이 있었다.

　'도라지수녀원'이라는 이름은 누가 지은 것이 아니고
저절로 되어진 것인데, 그 까닭은 도라지꽃의 색깔 때
문이라는 것이었다. 백도라지꽃의 흰색은 다만 하얀색
이 아니라 온갖 색의 잠재태를 모두 감추어서 거느리고
검은색 쪽으로 흘러가고 있지요. 저녁 무렵에 꽃술 밑
을 들여다보면 하얀색의 먼 저쪽 변두리에 노을처럼 번

Convent to the old nuns. The new name even snuck itself into official documents, which the diocese pretended not to notice.

The convent's flowerbeds overflowed with roses. While many varieties of roses started blooming in the spring, the frosted rosebuds of early winter were more vivacious. The lack of human presence in the garden accentuated their brilliance. There were no bellflowers in the flowerbeds; a couple of wild bellflower plants sprung up by themselves behind the cemetery. They then extended their roots to bloom every year, although they did not spread out much further in the arid soil. The elderly nuns almost never came outside the building, and did not get up to the cemetery on their rare walks. They saw the bellflowers at the cemetery when they buried someone. White and purple flowers mixed there, but they went almost unnoticed, bested by the overabundant colors of the rose beds. The old nuns had no way of explaining how the name Bellflower Convent took hold, when Rose Convent would be the likeliest choice if the convent were to be named after a flower. Bellflower Hill took hold as the name of the cemetery as well.

져 있는 희미한 검은색을 분명히 볼 수 있습니다. 보이는 것은 애써 보지 않아도 저절로 보입니다. 도라지는 삶에서 죽음으로 번지면서 건너가는 이 호스피스 수녀원의 이름으로, 저절로 그렇게 되어졌어요. 그래서 '도라지'는 이름이라기보다는 잠이나 숨 같은 것입니다, 라고 오수산나 수녀는 설명했다. 보라색 꽃도 정처 없는 색감으로 흔들리면서 보라 저 건너편의 검은색 쪽으로 흘러가고 있습니다. 다들 보이시지요? 그래서 보라색 꽃이나 하얀 꽃이나 차이가 없는 것이겠지요, 라고 오수산나 수녀는 말했다. 그때 오수산나 수녀는 마지막 자리를 보전하고 있었다. 정신이 드나들어서 햇빛이 맑은 오전에만 사람을 알아보고 겨우 말을 할 수 있었다. 간병하는 젊은 수녀가 오수산나 수녀의 말을 알아듣고 문장을 만들어서 교구청에서 발행하는 주보에 실었다. 글의 제목은 '도라지꽃 속으로' 였고 오수산나 수녀의 이름으로 발표되었다.

부활주간의 저녁에 김요한 주교는 교구청 집무실 소파에 기대서 홍차를 마시면서 그 글을 읽었다. 늙은 수

Sister Oh Susannah explained the backstory of the name before she passed away at eighty-seven. The name Bellflower Convent did not come from a specific person, but came to be on its own, from the colors of the flowers, she said. The white color of the white bellflower is not merely white; it is in command of each and every dormant color while it drifts toward black. If you look under the stamens around dusk, you can clearly see the faint black that spreads around the far outer edges of the white like an evening glow. What is visible makes itself seen without your trying to see it. And like that, the bellflowers gave name to this hospice convent where life spreads over into death. So Bellflower is not a name so much as it is like sleeping or breathing, she explained. The purple flowers are fluttering with an aimless color palette as they also drift toward the black that's on the other side of the purple. Do you all see that? That means there is no difference between the white flowers and the purple flowers, she said. At the time she said this, she was barely hanging on to her last days. With her mental capacity coming and going, she recognize people and managed to get a few words out only on sunny mornings. A young

녀들 사이에서 수녀원 이름이 저절로 바뀌고 있는 사태를 별도의 지침을 내려서 바로잡을 필요는 없을 것이라고 김요한 주교는 생각을 정리했다.

하느님은 인간의 시간 앞에 죽음을 예비하지 않았고, 죽음은 죄의 대가로 인간이 스스로 불러들인 운명이지만 하느님은 그 운명 안에 부활과 신생을 약속히셨으니, 그것이 당신의 권능으로 베푸는 사랑과 희망의 섭리라고 김요한 주교는 특강 때마다 신학생들에게 말했다.

도라지꽃 하얀색의 먼 저쪽에서 삶이 죽음에 스며 있다는 늙은 수녀의 환상은 죽음 안에 신생을 약속하신 하느님의 뜻을 벗어난 것이 아닌가를 생각하다가 김요한 주교는 생각을 그만두었다. 신학생 시절에 기숙사 뒷산에 도라지는 지천으로 피어 있었다. 김요한 주교는 그 하얀색을 떠올렸다. 하얀색이 아니라, 이름 지을 수 없는 색이었다. 색은 멀리서 흔들리면서 다가왔다. 색은 보이지 않는 강물처럼 시간과 공간을 흘러서 사람의 시선이 닿을 수 없는 곳에서 스스로 전진하고 있었다. 김요한 주교는 도라지꽃에 대한 늙은 수녀의 환상에 대해서 아무런 사목지침을 내놓지 않았다. 김요한 주교는

attending nun made out what Sister Oh Susannah said, wrote it down, and put it in the Sunday bulletin printed by the diocese. Titled "Into the Bellflowers," it was published under Sister Susannah's name.

On an evening during Easter week, Bishop Kim Johann read the essay as he reclined on the sofa in his office and sipped tea. After some thinking, he concluded there was no need to issue special instructions to correct the situation where the name of the convent had naturally changed among the old nuns.

God has not prepared death in terms of human time, and death is a fate human beings brought onto themselves as payment for sin; but, within that fate, God has promised resurrection and a new life as Providence of love and hope bestowed through His power. So said the bishop during every special lecture to seminary students.

Bishop Kim Johann cut short his musing after it led him to wonder whether the old nun's vision— that life seeps into death on the far side of the white of the bellflowers—was in conflict with the will of God, who promises a new birth within

젊은 부제들에게 말했다.

"주보에 실린 '도라지꽃 속으로'는 글이 맑더군. 글이 아니라 물이야. 다들 읽어봐."

김요한 주교는 노수녀들의 마지막 나날이 꽃과 더불어 평안하기를 기도했다. 기도는 하늘로 향하지 못하고 도라지꽃 하얀색에 실려서 색깔의 저편으로 흘러가는 듯싶었다. 김요한 주교는 도라지수녀원과 가까운 성당의 사제들에게 문서를 보내서, 수녀원에 자주 들러서 늙은 수녀들과 함께하고 영혼과 육신을 보살피라고 일렀다. 오수산나 수녀는 '도라지꽃 속으로'라는 글이 주보에 실린 지 다섯 달 후에 죽어서 '도라지동산'에는 열여섯 번째 봉분이 들어섰다. 봉분 앞에 흰 페인트를 칠한 나무십자가가 박혔고, 거기에 검은 글씨로 '주의 종 오수산나'라고 적혀 있었는데, 생몰연도는 없었다.

김요한 주교는 도라지수녀원의 사목을 장분도 신부에게 맡겼다. 장분도 신부는 부제과정을 마치고 사제품을 받은 지 삼 년째였다. 신도들은 장분도 신부를 '애기 신부'라고 불렀다. 선대 어른들이 신유박해, 기해박해

death. When he was a student at seminary, the hill behind the dormitory teemed with bellflowers. He recalled their white color. It was not really white, but something that defied being named. The color came forward, swirling from afar. It flowed through space and time like the water of an invisible river, and was marching on by itself in a place unreachable by human sight. Bishop Kim gave no pastoral guidelines about the old nun's vision of the bellflowers. He said to the young deacons:

—The piece "Into the Bellflowers" is so limpid and refreshing. It's more water than writing. You should all read it over.

Bishop Kim Johann prayed that the final days of the old nuns would be peaceful with the flowers. Instead of heading toward heaven, the prayer seemed to flow with the white of the bellflowers to the other side of the color. He sent a letter to priests of churches in close proximity to Bellflower Convent, telling them to drop by the convent often to spend time with the old nuns and tend to their souls and bodies.

Sister Oh Susannah died five months after "Into the Bellflowers" was published in the Sunday bulletin, and hers was the sixteenth mound on Bell-

때 순교했고 더러는 산속으로 숨어들었다. 장분도 신부는 달아나던 숯쟁이 교인이 섬에 버린 사내아이의 후손이었다. 신앙의 뿌리가 핏줄을 따라 퍼져서 장분도 신부는 물에 젖듯이 성직의 길로 인도되었고, 신학생 시절에도 영적 번민이나 세속에 대한 그리움이 없었다. 장분도 신부의 신학생 시절에 김요한 주교는 신학교에서 서양교부철학을 강의했다. 신앙과 학문 사이에 통로를 뚫어서 그 길로 학생들을 인도하는 것이 그가 하느님께 간구하는 소망이었다.

"하느님의 섭리는 끊임없이 발현되어서 시공에 가득 찬다. 하느님의 자기 계시에 인간의 영혼으로 응답하는 것이 신앙이다. 신앙은 하느님을 향한 영혼의 지향성(指向性)이다. 멀리, 그리고 가까이 나타나는 하느님의 현존을 스스로 느끼는 것, 그것이 인간의 영성이고 모든 앎의 발단이다. 그러므로 지식과 신앙은 계시를 감지하는 영혼의 작용으로서 동일하고 영성 안에서 통합된다. 안다고 말할 때, 우리는 무엇을 안다고 말하는지, 앎이라는 정신 작용의 동력이 어디에서 오는지 그 궁극적 실체를 사유해야 한다."

flower Hill. A wooden cross, painted white, was planted in front of the mound, with "Oh Susannah, Servant of God" written in black; her biological years were not provided.

Bishop Kim Johann put Father Jang Boon-do in charge of the ministry of Bellflower Convent. After completing his term as a deacon, Father Jang had been ordained as a presbyter three years before. Parishioners called him "Baby Priest." His ancestors had mostly been martyred in the Persecutions of 1801 and of 1839, although some had escaped into the mountains. Father Jang descended from a boy abandoned on an island by a charcoal maker on the run. With the roots of faith spreading through his bloodline, Father Jang had been brought to the path of the clergy as if being gradually soaked in water, with no spiritual anguish or longing for the outside world while in seminary. When Father Jang was a student, Bishop Kim taught Western patristic philosophy at the seminary. Opening up a passageway between faith and academia and leading the students through it was what Bishop Kim hoped and desired from God.

Father Kim told his seminary students:

라고 김요한 주교는 신학생들에게 말했다. 신학생 장분도는 그 말이 자신의 영혼 속에서 끝끝내 살아서 작동되기를 기도했다. 죽음을 맞는 수녀들의 사목을 젊은 신부에게 맡기는 것이 불안하기도 했지만 새롭게 소명을 받는 젊은 신부의 힘찬 영성의 기세를 김요한 주교는 신뢰했다. 장분도 신부는 수녀원에서 가까운 읍내 성당의 보좌신부로 복무하면서 어촌계 마을 공소(公所)를 맡아서 미사를 집전했고, 틈틈이 도라지수녀원을 살폈다. 수녀원 안에도 제대가 마련되어 있었다. 장분도 신부는 마을 주민과 늙은 수녀들에게 고해성사와 장례미사를 베풀었다. 장신부가 서품되던 날 어머니는 울면서 말했다.

"너는 이제 천주의 아들이다. 내 아들이 아니야."

어머니는 순교자 집안에서 전해 내려온 청동촛대 한 쌍을 선물로 주었다. 장분도 신부는 어촌계 공소나 수녀원에 미사 드리러 갈 때 그 청동촛대 한 쌍을 배낭에 짊어지고 갔다. 장분도 신부는 그 촛대에 촛불을 켜고 미사를 드렸다. 장분도 신부는 자전거를 타고 다녔고, 눈이 내리는 날에는 걸어서 갔다. 도중에 김밥을 먹었

—Divine Providence perpetually manifests itself and fills space and time. When human beings respond to God's revelations with their soul, it is called faith. Faith is the directedness of the soul toward God. Sensing God's existence near and far is human spirituality and the basis of all knowing. Therefore, knowledge and faith are identical as functions of the soul sensing the revelations, and are united in spirituality. When we speak of knowledge, we must reason the ultimate substance of what we know and the origin of the driving force behind the mental function called knowledge.

Jang Boon-do, then a student, prayed that the message would live on and take effect forever in his soul.

While he felt uneasy about putting a young priest in charge of ministering to nuns facing death, Bishop Kim believed in the energy from the powerful spirituality of a young priest responding to a new calling. Father Jang was in charge of the secondary church at the fishing village cooperative where he presided over masses while serving as a curate at the church in a town near the convent, where he checked in between these responsibilities.

An altar was set up inside the convent as well.

다. 김요한 주교는 젊은 신부의 어려움을 헤아려서, 수녀원이나 공소 사목에서 부딪히는 크고 작은 일들을 문서로 보고하고 함께 의논하자고 장분도 신부에게 일렀다.

손안나 수녀는 도라지수녀원에 들어올 때 여든 살이었다. 들어오던 날 손안나 수녀는 차에서 내려서 부축받지 않고 마당을 걸어왔다. 걸어올 때, 손안나 수녀는 아무런 중량이 없이 땅을 스치는 것 같았다. 몸이 마르고 키가 작아져서 수도복이 헐렁했다. 검버섯이 얼굴을 덮었고 두 볼에 살이 빠져서 입술이 벌어졌다. 손안나 수녀는 이가 드러난 입을 늘 손으로 가렸고, 묵언했다. 손안나 수녀는 서른 살에 종신서원하고 미군 기지촌 성당과 시립병원, 보건소, 급식소, 탁아소에서 일했다. 성당을 청소했고, 고아원과 주일학교에서 가르쳤다.

주일 오후 미사 때는 미군에게 몸을 파는 기지촌 여자들이 성당에 와서 무릎 꿇고 합장했다. 성당에 올 때 여자들은 화장하지 않은 맨얼굴이었다. 여자들의 얼굴은 화장독이 올라서 시퍼렜고 기미가 번져 있었다. 여자들은 얼굴을 미사보로 감쌌다. 미사가 끝날 때 신부

Father Jang held the sacrament of penance and funeral masses for the old nuns and villagers. On the day he was ordained, his mother wept to him:

—You are now a son of the Lord; you are not mine.

She presented him with a pair of brass candlesticks that had been passed down in the martyr's family. Father Jang carried the pair of bronze candlesticks in his backpack to masses at the secondary church or the convent. He conducted masses after lighting candles in them. He usually biked to places, and walked on snowy days. He had seaweed rice rolls on the way. Appreciating the difficulties facing the young priest, Bishop Kim Johann told Father Jang to report big and small happenings during the ministry at the convent or the secondary church in writing so that they could discuss them together.

Sister Sohn Anna was eighty years old when she entered Bellflower Convent. Upon arrival, she got out of the car and walked across the yard without assistance. When she walked, she appeared to graze the ground weightlessly. Her habit hung loose on her body, which had grown thinner and

가 두 팔을 벌려서 하느님의 축복을 전하면 여자들은 손수건으로 눈물을 찍어냈다. 행정기관에서는 여자들을 특수업태부(特殊業態婦)라고 불렸고 주민들은 양갈보라고 불렸다. 부대에 성병이 번지자 미군 사단장은 시청에 항의했고 병사들의 외출을 금지했다. 매출이 줄어들자 상인과 특수업태부들은 미군부대 앞으로 몰려가서 시위했다. 시장이 미군 사단장을 만나서 검역을 강화하기로 약속하고 외출금지를 풀었다. 보건소 직원들이 한 달에 한 번씩 여자들을 검진했다. 직원들은 여자들의 질에서 가검물을 채취해서 균을 배양했다. 균들이 현미경 속에서 꼬물거렸다. 양성반응이 나온 여자들은 치료감호소에 수용되었다. 치료감호소는 시 외곽의 산속에 있었다. 거기에 갇혀서 여자들은 매일 항생제 주사를 맞았고, 사흘에 한 번씩 질 검사를 받았다. 음성반응이 나오면 치료증을 받고 풀려나서 영업을 계속했다. 한 번 들어가면 이 주나 삼 주쯤 걸렸다. 성병이 여자들로부터 미군에게로 옮겨가는지 그 반대인지는 미군 사령관도 시장도 알지 못했지만, 이리 옮겨가나 저리 옮겨가나 아무 차이 없었다.

shorter. Age spots covered her face, and her gaunt cheeks held her lips open. She always put her hand over her mouth so that her teeth would not show, and she kept silent. Since taking her perpetual vow at thirty, she had worked at the church in a town near a U.S. military camp, as well as a hospital, a health clinic, a soup kitchen and a daycare center, all run by the city. She cleaned the church and taught at the orphanage and Sunday school.

At the Sunday afternoon mass, women of the camp-side town who sold their bodies to American soldiers would come to the church and get on their knees with their palms pressed together. When they came to church, the women wore no makeup on their faces, which had liver spots and a blue-ish tint from deposited makeup pigments. They wrapped their faces with veils. When the priest raised his arms wide to deliver God's blessings, they would blot their tears with a handkerchief. The administrative offices called them women of special business status, while the townspeople called them Western whores. When sexually transmitted diseases spread among the troops, the American divisional commander appealed to City Hall and forbade the soldiers to go

손안나 수녀는 교회의 비용으로 사설 학원에 다니면서 조리사자격증과 간호사자격증을 받았다. 손안나 수녀는 치료감호소에서 여자들의 가검물을 채취하고 주사를 놓고 진료기록부를 작성했고, 구내식당의 취사를 감독했다. 손안나 수녀는 그 여자들 앞에서 수도복을 입지 않았다. 그 여자들은 수녀의 수도복을 두려워하거나 혐오할 것이었다. 손안나 수녀는 치료감호소에서 일할 때는 수도복이 아니라 일반 간호사의 복장을 허용해줄 것을 주교에게 청원했다. 주교는 허락했다. 치료증을 받고 퇴소하는 여자들은 미군에게서 받은 허쉬초콜릿이나 맥스웰 가루커피를 손안나 수녀에게 선물했고 손안나 수녀는 시청 보건과에서 맡긴 콘돔을 나누어주었다. 손안나 수녀는 퇴소하는 여자들이 산길을 걸어 내려가는 뒷모습을 오랫동안 바라보았다. 여자들은 어깨가 다소곳했고 허리가 잘록했고 엉덩이가 푸졌고 긴 머리카락에서 윤기가 흘렀다. 여자들이 걸어갈 때, 몸속에서 리듬이 흘러나와서, 어깨, 허리, 엉덩이, 머리카락이 그 리듬에 실려서 출렁거렸다. 여자들은 남자들이 품음직했다. 하느님은 여자를 저런 모습으로 창조하실

outside the camp. With sales down, merchants and women of special business status flocked in front the front of the American military camp and protested. The mayor met with the American divisional commander and got him to lift the ban on outings by promising to toughen testing and quarantine. Workers from the health clinic examined the women once every month. The health workers cultivated the bacteria found in the vaginal specimens they collected. The bacteria wiggled under the microscope. Those women with a positive reaction to the test were quarantined. The quarantine facility was in the mountains on the outskirts of the city. While confined there, the women had daily antibiotic shots, and had their vaginas examined every three days. If they tested negative, they were released with treatment papers, and continued to work. Once they went in, they usually stayed two to three weeks. No one, including the American divisional commander and the mayor, knew whether the women gave the diseases to the soldiers or the other way around, but it did not make any difference which way the diseases traveled.

Sister Sohn Anna went to private classes paid for by the church and earned certificates in food

수밖에 없었겠구나, 다르게는 하실 수가 없었겠어……
라고 손안나 수녀는 생각했다. 손안나 수녀는 그 여자
들에게 신앙을 권유하지는 않았다.

특수업태부들의 상조회는 이름이 '백합회'였다. 백합
회는 회비를 걷어서 크리스마스 때 파티를 열고 미군을
초청했고 미군들이 며칠씩 기동훈련을 나가서 장사를
할 수 없을 때는 화투치기 대회를 열었다. 회원이 죽으
면 백합회는 장례를 주관했고 기금에서 장례비를 부담
했다.

특수업태부들은 약물 중독이나 연탄가스 중독, 만취
후 실족 추락, 작업 중 심장마비로 죽거나 자살했다. 원
인을 모르게 방 안에서 혼자 죽어 있는 경우도 있었고,
아무도 모르게 어느 날 사라지는 여자도 있었다. 자살
할 때는 제초제나 살충제 원액을 써서 미수(未遂)가 없
었다.

백합회는 치료감호소 뒷산 양지 바른 사면에 땅을 구
입해서 죽은 특수업태부들의 묘지를 만들었다. 손안나
수녀는 장례 행렬을 따라서 그 묘지에 가본 적이 있었
다. 그때도 손안나 수녀는 여염의 원피스 차림이었다.

preparation and nursing. In the quarantine facility, she collected samples from the women, gave them shots, filled out the charts and supervised the cooking in the facility's cafeteria. She did not wear a habit in front of the women. They would have feared or loathed a nun's habit. She petitioned for the bishop for permission to wear a regular nurse's uniform instead of a habit while working at the quarantine facility. The bishop granted her request. Those women leaving the facility with their treatment papers gave Sister Anna things they had gotten from American soldiers, such as Hershey's chocolate and Maxwell coffee, and she handed out the condoms brought by the city health department. She watched on from behind as the women leaving the facility walked down the mountain path. Their shoulders curved gently, their waists were narrow, their butts were ample, and their long hair was shiny. They walked with an innate rhythm to which their shoulders, waist, butt and hair waved. Those women were embraceable by men. God could not but create women to look like that; He could not have done it any other way, thought Sister Anna. She did not force religion upon them.

The association of women of special business

오래된 봉분은 허물어졌고 나무십자가는 썩어서 쓰러져 있었다. 꽂힌 지 오래지 않은 십자가에서는 죽은 여자들의 이름을 판독할 수 있었다.

'이엘레나'

'브리지트김'

'박크리스티나'

백합회 회원 명부에는 그 이름이 상호(商號)라고 등록되어 있었고, 호적명이나 가족관계는 기록에 없었다. 그때 손안나 수녀는 죽은 여자들의 영혼이 천당의 주민으로 등록되었음을 믿었고, 천당이 없더라도 여자들의 영업이 끝났음을 감사했다.

도라지수녀원에 들어왔을 때 손안나 수녀는 가벼운 허리결림증과 기억상실증 외에는 특별히 이름 붙일 만한 병은 없었다. 손안나 수녀의 말년은 병명이 없이 바스라져 갔다. 비 오거나 흐린 날 기억상실증세는 심했는데, 그 증세가 날씨와 관련이 있는지는 분명치 않았다. 현재와 과거가 거꾸로 뒤집히거나 뒤섞였다. 기억상실이라기보다는 기억착란에 가까웠다. 치매의 초기일 수도 있다고 의사는 말했다. 손안나 수녀의 의식 속

status was named the Lily Club. The club collected membership dues to hold Christmas parties and invited American soldiers. When there was no business because the soldiers were away for multi-day training, it held *hwatu*[1] tournaments. When a member died, the Lily Club hosted and paid for the funeral out of its funds.

Women of special business status died from a drug overdose, briquette gas inhalation, losing their footing and falling while drunk, a heart attack on the job, or suicide. Some were found dead alone in their room with no apparent cause, and others disappeared one day without anyone's notice. When they took their own life, they used a herbicide or a pesticide at full strength, so there were no "attempts."

The Lily Club purchased land on a sunny slope behind the quarantine facility and turned it into a cemetery for deceased women of special business status. Sister Sohn Anna once followed a funeral procession to the cemetery. She was in civilian clothing then as well. Old mounds had crumbled, and rotten wooden crosses had fallen down. She could make out the names of the dead women on those crosses that had recently been put up.

에서는 영양제 주사를 놓아주러 들어온 간호사 수녀가
자신이 젊었을 때 항생제 주사를 놓아주던 특수업태부
로 바뀌어져 있었다. 손안나 수녀는 자리에서 상반신을
일으키고 간호사 수녀의 엉덩이를 더듬어서 주사를 놓
아주는 시늉을 했다. 간호사 수녀는 장분도 신부에게
손안나 수녀의 증세를 알렸고 장분도 신부는 김요한 주
교에게 알렸다. 김요한 주교는 손안나 수녀의 착란된
의식을 다시 흔들지 말라고 지시했다. 그래서 젊은 간
호사 수녀는 정신착란이 손안나 수녀의 의식을 지나가
는 동안에는 손안나 수녀에게 항생제 주사를 맞는 특수
업태부의 역할을 했다.

"주사가 좀 아플텐데…… 나가려면 두 주일쯤 걸립니
다."

"주사는 안 아파요. 휴가 온 셈 칠게요."

맑고 서늘한 날에 손안나 수녀의 정신은 온전했다. 지
나간 시간의 기억들이 고이거나 옥죄이지 않아서 마음
이 마르고 가벼웠다. 지나간 시간들은 스쳐가기는 했으
나 그 흔적이 남아 있지 않았다. 시간은 다시 앞으로 펼
쳐져 있는 듯했는데, 그 앞쪽의 시간을 건너갈 수는 없

—Lee Elena

—Brigitte Kim

—Park Christina

These were listed as business names in the membership directory of the Lily Club, which did not provide names on official birth records or family registers. At that moment, Sister Anna believed that the souls of the dead women would be registered as residents of heaven, and even if there were no heaven, she gave thanks that the women's business was closed.

When she came to Bellflower Convent, Sister Sohn Anna had no specific disease that could be named, other than a bit of back pain and mild memory loss. Sister Anna's final days thus crumbled away from nameless illnesses. Her memory loss was exacerbated on cloudy or rainy days, though it was unclear whether her condition was related to the weather. The present and the past were flipped or mixed up in her. Her condition was closer to delirium than loss of memory. The doctor said it could be the beginning of dementia. In Sister Anna's confused world, the nursing nun who came in to administer a nutritional IV shot turned into a woman of special business status to whom she used to

을 것이었다. 그런 날, 손안나 수녀는 지팡이 없이 수녀
원 뜰을 산책했다. 손안나 수녀의 걸음은 땅 위를 흘러
가는 듯해서 사람이 그림자의 그림자처럼 보였다. 봄부
터 초겨울까지, 수녀원 마당에서 장미는 피고 지기를
잇대었고, 지면서 더욱 피었다. 꽃 한 송이는 죽음의 반
대쪽에서 피는 것이 아니었으므로 꽃이 지는 것이 죽음
은 아니었다. 모처럼 맑은 의식 속에서, 손안나 수녀는
그렇게 생각했다. 손안나 수녀는 장미 화단을 지나고,
줄장미 넝쿨 아치를 지나서 수녀원 공동묘지 쪽으로 올
라갔다. 젊은 수녀가 멀리서 손안나 수녀의 걸음을 지
켜보다가 달려와서 부축했다. 손안나 수녀는 나무둥치
에 기대서 무덤 쪽을 바라보았다. 묘지 울타리에 도라
지꽃이 피어 있었고, 죽은 수녀들의 이름이 나무십자가
에 적혀 있었다.

'박루시아'

'오수산나'

'김막달레나'

손안나 수녀의 의식 속에서, 그 무덤들은 젊었을 때
미군 기지촌에서 보았던 특수업태부들의 묘지와 뒤섞

give antibiotic shots in her younger days. Sister Anna sat up in her bed and gestured as though she were touching the nursing nun's butt to give her a shot. The nursing nun reported Sister Sohn Anna's condition to Father Jang Boon-do, who in turn informed Bishop Kim Johann. The bishop instructed them not to disturb Sister Sohn Anna's delirious consciousness any further. So the young nursing nun played the role of a woman of special business status getting an antibiotic injection from Sister Anna while the mental delirium was passing through the old nun's consciousness.

—The shot can be pretty painful. It'll be a couple of weeks before you get out of here.

—It doesn't hurt. I'll pretend I'm on a vacation.

On clear and cool days, Sister Sohn Anna's mind remained intact. It was crisp and light, without the memories of times past collecting or smothering it. The past did not leave a trace. Time seemed to stretch forward again, and it would be impossible to cross over the time in front. On such days, she took a stroll in the yard of the convent without a cane. Her feet almost flowed over the ground, her figure looking like the shadow of a shadow. From spring till early autumn, roses kept on blooming

였다.

"아, 여기가…… 거긴가……."

라는 목소리를 손안나 수녀는 손으로 막았다. 그날 이후로 손안나 수녀의 정신착란증세는 악화되었고 병실에서도 청소하는 시늉, 아이 목욕시키는 시늉, 주사 놓는 시늉을 거듭했다. 젊은 수녀가 고함을 질러서 손안나 수녀에게 말을 걸었다.

"수녀님, 지금이 여름인가요, 겨울인가요?"

"수녀님, 여기가 동두천인가요, 오산인가요?"

손안나 수녀가 듣는지 못 듣는지를 젊은 수녀는 알수 없었다. 손안나 수녀는 대답하지 않고, 하던 시늉을 계속했다. 장분도 신부는 손안나 수녀의 증세를 김요한 주교에게 보고했고, 김요한 주교는 손안나 수녀의 착란된 의식을 헝클지 말라고 거듭 지시했다.

김요한 주교는 말했다.

"손수녀님의 의식 속에서 도라지공원묘지와 특수업태부의 묘지가 동일시되거나 뒤바뀌어 있다는 것은 우려할 일은 아닙니다. 또 손수녀님께서 몇 년 전까지도 계속하시던 여러 가지 봉사활동의 동작을 흉내내고 있

and withering and bloomed more as they withered in the garden of the convent. A rosebud did not bloom on the far side of death; therefore, a dying rose did not mean death, she thought from her consciousness on one of its rare lucid days. She passed the beds of roses and the arch of rose vines, heading in the direction of the convent's communal cemetery. A young nun who had been watching Sister Sohn Anna ran over to steady her. Leaning on a tree trunk, Sister Anna gazed toward the graves. Bellflowers were in bloom by the fence to the cemetery, and the names of the deceased nuns were written on wooden crosses.

—Park Lucia

—Oh Susannah

—Kim Magdalena

Their graves mixed in her consciousness with those of the women of special business status she had seen as a younger woman in the town by the U.S. military camp.

—Oh, is this—there?

Sister Sohn Anna blocked the sound of those words with her hand. After that day, her mental delirium worsened, and she kept acting out the cleaning, bathing of children and giving injections

다는 것도 우려할 일은 아닐 것입니다. 그 착란 속에서 하느님의 뜻은 손수녀님의 몸을 통해서 계시되고 있습니다. 이것이 저의 사목적 판단입니다. 다만 하느님께서 손수녀님을 이제 그만 쉬게 해 주십사, 제가 기도하겠습니다."

장분도 신부가 문서로 회신했다.

—공경하는 주교님, 손수녀님의 착란 속에 임하시는 하느님의 뜻을 알겠습니다. 저도 손수녀님을 쉬게 해 주십사 주교님을 따라서 기도하겠습니다.

장분도 신부는 주일 아침 여섯 시에 어촌계 마을 공소에 도착해서 고해성사를 베풀고 일곱 시부터 미사를 올렸다. 공소에 등록된 신자는 삼십여 명이었지만 주일날 미사에 나오는 사람은 스무 명 남짓이었고, 그중 오륙 명이 고해성사를 받았다. 신자들은 갯벌에서 바지락을 캐는 늙은 여자들과 은퇴한 어부들이었다. 제대 왼쪽 한켠을 합판으로 막은 자리가 고해소였다. 늙은 여자들은 귀가 어두워서 목소리도 컸다. 사제에게 죄를 고백하는 소리가 고해소 밖에까지 들렸다. 장분도 신부

in her room.

A young nun yelled to engage Sister Anna:

—Sister, is it summer or winter now?

—Sister, are we in Dongducheon or Osan?

The young nun had no idea whether Sister Anna heard her. Without answering, Sister Anna continued what she had been acting out. Father Jang Boon-do reported Sister Sohn Anna's symptoms to Bishop Kim Johann, who repeatedly instructed him not to entangle her delirious consciousness any further.

Bishop Kim Johann said:

—We should not be alarmed that Sister Sohn identifies or confuses the Bellflower cemetery with the cemetery of the women of special business status. Likewise, we should not be alarmed that she mimics the motions of the various services she provided until a few years ago. God's will is being revealed through her body amidst her delirium. That is my pastoral discernment. I will simply pray that God may finally allow rest to Sister Sohn.

Father Jang Boon-do replied in a letter:

—Dear Reverend Bishop, I see how God's will dwells in Sister Sohn's delirium. I will pray along with you that she be given rest.

는, 목소리를 작게 하라고 일렀으나, 늙은 여자의 목소리는 작아지지 않았다. 장분도 신부는 고해소를 공소마당 한 귀퉁이로 옮기고 순서를 기다리는 신자들이 멀리 떨어져 있게 했다.

관절염으로 다리를 저는 노파가 사제에게 죄를 고백했다.

"이틀 전 보름 밤에 을(乙)뻘에서 바지락을 캐서 암상인들에게 팔았습니다."

사제가 말했다.

"지난번 고해 때와 똑같군요."

"그전과도 같습니다. 신부님이 여기 오시기 전부터 그랬지요."

어촌계는 갯벌을 갑, 을, 병, 세 구역으로 나누어서 관리했다. 한 구역에서 두 달씩 바지락을 캐는 동안 나머지 두 구역은 출입을 금지시켰다. 그렇게 해서 바지락 가격을 유지했고 속이 덜 찬 바지락의 남획을 막았다. 어촌계의 오래된 생산관리방식이었고, 주민들의 반발은 없었다.

물이 멀리 빠지는 보름 밤에 주민들은 금지된 뻘에

Father Jang Boon-do arrived at the secondary church at the fishing village cooperative at six on Sunday mornings, held the sacrament of penance, and presided over the mass from seven on. Although there were about thirty registered parishioners at the secondary church, only around twenty came to the Sunday mass, about half a dozen of whom went to confession. The parishioners were mostly old women who dug littleneck clams in the mud flat, and retired fishermen. They the corner to the left of the altar blocked with veneer boards to make the confessional. Hard of hearing, the old women spoke in a loud voice. Their confessions to the priest could be heard well outside of the confessional. Father Jang told them to lower their voices, but it did not happen. He moved the confessional to a corner of the secondary church's front yard and had the parishioners wait their turn from a distance.

An old woman limping from arthritis confessed her sin to him:

—A couple of nights ago, on the full moon, I dug up littlenecks from Beta mud flat and sold them to black marketeers.

—That is the same as your last confession.

들어가 바지락을 캤다. 주민들은 달밤에 뻘에서 서로 마주치면서 모른 척했고 아무도 신고하거나 신고당하지 않았다.

신자들은 고해 때마다 다들 똑같은 죄를 고백했다. 사람이 죄를 짓는 것이 아니라 죄가 저절로 빚어지는구나, 장분도 신부는 그런 혼란에 빠졌다. 죄라기보다는 생활이었으므로, 어떤 신자들은 금지된 뻘에서 바지락을 캔 일은 고백하지 않았다. 바지락 판 돈의 액수를 이들에게 줄여서 말한 죄, 주정뱅이 남편이 자다가 죽었으면 좋겠다고 저주한 죄들도 다들 비슷했다. 젊었을 때 속 썩이는 자식을 죽어라고 때려준 죄, 아이가 들어앉을 짓을 한 기억이 없는데도 저절로 붙은 다섯째를 낙태한 죄를 오십 년이 넘은 뒤에 기억해 내어 고백하고 끼룩끼룩 우는 노파들도 여럿 있었다.

"신부님, 아주 오래전 것도 말해도 되나요?"

"그럼요. 죄는 오래됐다고 해서 묽어지지 않습니다."

"처녓적 것두요?"

"너무 억지로 끄집어내지는 마십시오."

일상 속에서 거듭되는 죄를 거듭 사해 주는 것이 하

And the ones before. Since before you came here.

The fishing village cooperative managed the mud flat by dividing it into Alpha, Beta and Gamma zones. During the two months people dug up littlenecks in each region, the other two were off-limits. That was how they controlled the prices of the littlenecks and prevented indiscriminate fishing of littlenecks that had not yet matured. It was a long-held policy of product control by the cooperative, and the residents did not object to it.

At full moon, when low tide was at its lowest, residents entered the forbidden mud flat zones to dig up littlenecks. They ignored one another as their paths crossed on the mud flat under the full moon, and no one reported anyone, or was reported by anyone.

The parishioners recited the same sin at every confession. Sin is not committed by humans, but just crops up by itself, thought Father Jang in bewilderment. Since it was considered more everyday life than sin, some parishioners did not confess digging up littlenecks on forbidden mud flat zones. The same held for the sin of intentionally giving a son a wrong, lower figure for money made by sell-

느님의 뜻에 맞는 것인지를 장분도 신부는 김요한 주교에게 문의했다.

세속의 일상을 죄와 죄 아닌 것으로 양분할 수는 없을 터이며 사제가 세속으로부터 멀어서 일상을 만질 수 없고 낙태하는 여자의 고통과 슬픔을 사제가 알 수 없다 하더라도, 사제가 사하는 죄를 함께 사하여 주시겠노라는 하느님의 약속에 의지하라고, 김요한 신부는 회답했다.

바지락은 먹이사슬의 밑바닥에 깔려서 수만 년 동안 진화하지 않았다. 그래서 수만 년 전의 바지락이나 지금의 바지락이나 껍데기에 패어진 골의 개수가 똑같다고 학자들은 말했다. 어촌계 마을 갯가에는 신석기 시대의 조개껍데기 무덤이 남아 있었다. 일만여 년 전의 음식물 쓰레기 폐기장이었다. 선착장을 만드느라고 갯벌이 매립되어서 조개무덤은 땅 위에 돌산처럼 솟아올랐다. 거기에 쌓여진 조개껍데기도 모두 바지락이었다. 조개껍데기는 삭아서 가루가 되었고, 가루가 바닷물에 반죽되어서 돌이 되었다. 예수님은 이천 여 년 전에 태어나서 신유(辛酉)생 닭띠라는데, 조개무덤은 일만여 년

ing the littlenecks and the sin of cursing a drunkard of a husband to die in his sleep. Quite a few old women sobbed while remembering and confessing sins from decades past. One beat a troublemaking child to a pulp when she was younger, and fifty years before, another aborted what would have been her fifth baby that had come from nowhere, for she could not recall doing anything that would have led to the pregnancy.

—Father, can I tell you something really old?

—Sure. Sins do not become diluted just because they are old.

—From before I was married?

—You don't need to push yourself so hard to reach back.

Father Jang Boon-do asked Bishop Kim Johann whether it was in accordance with God's will to pardon repeatedly a sin that was committed repeatedly in the course of everyday life.

Bishop Kim replied:

—Everyday life could not be divided into those things that were sins and those that were not. Even if you are removed from the world and can neither touch everyday life nor know the pain and suffering of a woman getting an abortion, you should

이 넘었다.

　고해성사와 주일 아침 일곱 시 미사를 마치고, 장분도 신부는 도라지수녀원으로 향했다. 어촌계 마을에서 도라지수녀원까지는 조개무덤 앞을 지나는 소나무숲길이 이어져 있었다. 장분도 신부는 자전거를 타고 갔다. 조개무덤 앞을 지날 때, 장분도 신부는 자전거에서 내려서 조개무덤을 향해 성호를 긋고 두 손을 모았다.

　입춘 무렵에 가창오리들은 바이칼 호수로 돌아갔다. 오리떼는 도라지수녀원과 바다 사이의 늪지에서 겨울을 났다. 돌아가기 며칠 전부터 장거리 비행을 준비하는 오리떼가 갈대숲 바닥에서 퍼덕거리며 흙목욕을 했다. 새들의 날개치는 소리가 수녀원 병실에까지 들렸고, 갈대숲이 수런거렸다. 오리떼는 끼룩끼룩 울면서 수녀원 상공을 날아갔다. 새들의 울음소리는 알아들을 수 없는 음향으로 조개무덤 너머의 시공을 건너왔다. 한 무리가 이륙하면 다른 무리가 뒤를 따랐다. 대개 스무 마리 정도로 대오를 갖추었지만, 너댓 마리의 비행대도 있었다. 늙은 수녀들이 입춘의 양지 쪽에 앉아서

rely on God's promise to join you in pardoning the sins.

The littleneck had not evolved for tens of thousands of years, spending all that time on the bottom of the food chain. So, the scholars said, the number of grooves on the shell of the littleneck was the same now as it had been tens of thousands of years before. There was a mound of clamshells from the Neolithic period by the mud flat of the fishing village. It had been a dumpsite for food waste ten thousand years before. After the mud flat was filled to build a wharf, the mound rose up from the ground like a stone hill. All of the shells in that mound were those of littlenecks. The shells had eroded into powder, which mixed with the seawater to form rocks. While they say Jesus was born about two thousand years ago, in a *xīnyǒu* year of the rooster, the clamshell mound was over ten thousand years old.

After the sacrament of penance and the seven o'-clock Sunday morning mass, Father Jang headed for Bellflower Convent. He rode his bicycle on the pine-tree road that connected the fishing village with the convent and ran by the clamshell mound. When he passed by the clamshell mound, he got

돌아가는 새들을 바라보았다. 올 때의 무리와 갈 때의 무리가 같은 것인가 다른 것인가, 새들이 무리를 짓는 인연은 무엇인가. 새들도 친인척이 있고 벗이 있고 이웃이 있는지, 금년에 온 새들은 작년에 왔던 그 새들인지, 바이칼 호수는 얼마나 먼지를 늙은 수녀들은 서로에게 물어보았다. 새들이 하늘에 스며서 가물거릴 때 수녀들은 희미한 새떼를 향해 성호를 그었다.

죽어서 도라지동산에 묻히는 수녀보다도 새로 들어오는 수녀가 더 많았다. 수녀원에 방이 모자라서 두 명이 한방을 쓰게 되었다. 룸메이트를 정할 때, 나이가 비슷한 수녀들끼리, 쇠약의 정도가 비슷한 수녀들끼리 한방을 쓰도록 하고, 특별한 경우에는 친소관계를 고려해서 방을 바꾸어 주도록 김요한 주교는 지시했다.

손안나 수녀의 룸메이트는 김루시아 수녀였다. 두 수녀는 도라지수녀원의 오십여 명 수녀들 중에서도 고령자였고, 쇠약의 정도는 누가 더 낫고 못하고가 없어서 의약(醫藥)이나 진단은 무의미해 보였다. 김루시아 수녀는 팔 년 전 수녀원이 문을 열 때 들어왔다. 손안나 수녀

off his bike, made a sign of the cross toward the mound, and put his palms together.

In early February, the squawk ducks went back to Lake Baikal. The ducks wintered in the marsh between Bellflower Convent and the sea. A few days before their departure, they took a mud bath on the bottom of the reed bed by flapping their wings in preparation for the long-distance flight. The sound their wings made, reaching the rooms of the convent, caused a stir in the reed bed. They flew across the sky above the convent while honking. The birds' honking traversed the time and space beyond the clamshell mound in an incomprehensible sound. After one flock took off, another one followed suit. A flock was usually made up of twenty or so birds in formation, but some flying corps consisted of four or five birds. The old nuns sat in the late winter sun and watched the birds that were going back. Were they the same birds that had arrived, or different ones? What kind of fate caused them to flock together? Did they have blood relations, pals, and neighbors? Were the birds that came this year the same ones from the year before? How far was Lake Baikal? The old

보다 두 살이 많았다.

열 평쯤 되는 방에 사물함이 딸린 침대가 두 개 놓여 있었다. 방문을 기준으로 손안나 수녀가 왼쪽, 김루시아 수녀가 오른쪽이었다. 침대 옆에는 당직 간호사를 부르는 비상벨이 불빛을 깜빡거렸다. 오른쪽 벽에 걸린 십자가는 대패질하지 않은 밤나무 토막 두 개를 노끈으로 묶은 것이었고, 그 밑에 성녀 마가레트의 초상화가 걸려 있었다. 성녀의 아우라에서 별이 반짝였다. 방마다 화장실이 딸려 있었고 공동목욕실은 복도 끝에 붙어 있었다. 공동목욕실까지 혼자서 갈 수 없는 수녀들은 당직 간호사들이 휠체어로 옮겨서 몸을 씻겨주었다. 두 수녀는 미사에 갈 때만 수도복을 입었고, 방 안에서는 환자복을 입었다. 방 안에 거울이 없어서 두 수녀는 머릿수건을 쓸 때 서로의 매무새를 잡아주었고, 서로의 얼굴을 보면서 자신의 늙음을 알았다. 김루시아 수녀와 손안나 수녀는 둘 다 불면증이 깊었다. 몸이 살아서 병을 감당해 내고 있었다. 병이라기보다는 시간이었다. 새벽까지 의식은 물러가지 않았고, 그 속으로 어둠이 번져서 잠과 깸은 구분되지 않았다. 어둠 속에서 잠과

nuns asked one another these questions. When the birds were flickering, having seeped into the sky, the nuns made a sign of the cross toward the faint flocks.

There were more nuns coming into the convent than dying and being buried on Bellflower hill. With not enough rooms to go around at the convent, two nuns were assigned per room. The bishop instructed that those close in age and in similar degrees of debilitation be roommates; in special circumstances, rooms could be switched on the basis of friendships or lack thereof.

Sister Kim Lucia was Sister Sohn Anna's roommate. They were two of the oldest of the fifty or so nuns at Bellflower Convent, and their debilitation had reached such a level where medical care and diagnosis seemed meaningless. Sister Lucia had arrived eight years ago when the convent opened. She was a couple of years older than Sister Anna.

The room, a little over 300 square feet in size, contained two beds with attached lockers. Relative to the door, Sister Sohn Anna was on the left, and Sister Kim Lucia on the right. An emergency call button for the nurse on duty blinked beside each

깸이 겉돌았고 벽시계가 재깍거리면서 그 어둠을 찔렀다. 김루시아 수녀가 사무실 직원에게 부탁해서 벽시계를 떼어냈다. 어둠 속에서 비상호출벨 점멸신호 두 개가 깜박거렸다. 늪에서 잠든 가창오리들이 갑자기 깨어나서 날아올랐다.

새들은 별이 가득한 하늘을 헤집고 끼룩끼룩 울었다. 수녀들은 오리 울음소리를 들으며 새벽까지 잠들지 못했다. 울음의 꼬리가 잦아들고 오리떼가 다시 잠든 후에도 수녀들은 옆 침대에 누운 사람이 잠들지 않았다는 걸 서로 알면서 뒤척거렸다.

김루시아 수녀는 자신의 생애에 관해서 아무 말도 하지 않았다. 김루시아 수녀는 재처럼 조용했고, 마음속에서도 말이 들끓지 않았다. 김루시아 수녀는 기도할 때도 말이 태어나지 않는 저편에서 장궤(長跪)했다.

김루시아 수녀는 삼십대 초부터 남해의 먼 섬에 격리된 나환자촌에서 일했다. 항구에서 섬까지는 뱃길로 사십 킬로미터였다. 김루시아 수녀는 물을 데워서 나환자들을 씻겼다. 김루시아 수녀는 때수건으로 나환자들의

bed. The cross hanging on the right wall was made by tying two pieces of unplaned wood with a cord; under it hung a portrait of Saint Margaret. Stars twinkled from the saint's aura. Each room had its own toilet, with a common shower room at the end of the hallway. Those nuns unable to get to the shower room by themselves were taken there in a wheelchair by nurses on duty, who washed their body. The two nuns wore hospice pajamas in the room, donning their habits only to go to the mass. The room did not have a mirror, so the two nuns adjusted each other's veils. Each realized how old she was by seeing the other's face. Sisters Kim Lucia and Sohn Anna both suffered from serious insomnia. Their bodies were living through their illness, which was, in fact, time rather than an illness. Their consciousness would not retreat from them even when the dawn came; darkness spread in the meantime, rendering sleep and wakefulness indistinguishable. Sleeping and waking clashed with each other in the darkness, which the clock on the wall pierced with its ticking. Sister Lucia asked a staff member to remove the wall clock. The two emergency call buttons blinked in the darkness. Squawk ducks asleep in the marsh suddenly woke

등을 밀었고, 약을 먹였고, 장례 때 화장장에서 기도했다. 나환자들 사이에서도 아이가 태어났다. 육지의 보육원에서는 나환자촌 아이를 받아주지 않았다. 김루시아 수녀는 섬 안에서 미음을 먹여서 아이를 길렀다. 부모는 감염이 무서워서 아이를 만지지 않았고 날 때부터 부모와 격리된 아이는 누구의 품으로나 파고들었다. 이 세상의 이유 없는 고통이 모두 하느님의 섭리라면 자신의 일은 하느님의 뜻에 맞서는 것이며 그 또한 섭리일 것이었다. 나환자촌에서 한 생애를 다 살아내고 여생의 시간이 얼마 남지 않은 봄날에 절벽에서 물로 뛰어내려 자살한 환자를 건져서 화장할 때, 김루시아 수녀는 그렇게 생각했지만, 그 생각을 아무에게도 말하지 않았고, 말이 되어 나오려고 하는 그 생각을 김루시아 수녀는 버렸다. 자살한 환자는 김루시아 수녀와 동갑이었고 젊어서 실명해 있었다. "보이는 곳으로 가겠다"는 문장 한 줄이 그의 유서였다.

김루시아 수녀도 섬에서 늙었지만 섬에는 노후를 의탁할 곳이 없었다. 도라지수녀원에 들어올 때 김루시아 수녀는 골반뼈에 구멍이 뚫려서 걸음이 어려웠고 심장

up and flew upward.

The birds honked as they waded through the sky full of stars. Hearing them, the nuns were unable to sleep until dawn. Even after the honking subsided and the ducks fell back asleep, the nuns kept tossing and turning, each aware that the person in the next bed was awake.

Sister Kim Lucia did not say a word about her life. She was quiet as ash, and her mind did not overflow with words, either. Even when she prayed, she genuflected on the other side of words.

She had worked in a leper colony that was isolated on a distant island on the southern sea since her thirties. She heated water to wash lepers. She scrubbed their backs with a washcloth, fed them their medications, and prayed at funerals and at the crematory. Leprosy patients gave birth, too. Orphanages on the mainland would not accept babies born in the leper colony. Sister Lucia raised them on the island by feeding them thin rice gruel. Untouched by their parents, who were afraid of infecting them, isolated babies would cling to anyone. If all unexplainable suffering is God's providence, then Sister Lucia's work was in contention

이 메말라서 숨을 힘들어했다. 의사들이 긴 병명을 붙였지만 병은 이름으로 지칭되는 것이 아니었다.

룸메이트를 정하던 날에는 김루시아 수녀가 먼저 들어 있던 방에 손안나 수녀가 들어왔다. 손안나 수녀는 지팡이를 짚기는 했지만 부축 없이 방 안으로 걸어들어왔다. 사물 가방을 든 직원이 뒤따랐다. 김루시아 수녀는 침대에서 상반신을 일으켜서 손안나 수녀를 맞았다.

"어서……"

김루시아 수녀는 그렇게만 말했다. 룸메이트가 될 사람의 얼굴을 보자 김루시아 수녀는 자신의 날들이 며칠밖에 남지 않았다는 것을 알았다. 방을 합치던 날 손안나 수녀가 다가와서 김루시아 수녀의 손을 잡고 무언가 말을 하려 했으나 소리가 되지 못했다. 두 수녀는 서로마주 보며 성호를 그었다.

성모성월의 마지막 날 장분도 신부는 밤늦도록 본당 사제관 피에타 성모상 앞에서 기도했다. 장분도 신부는 어촌계 주민들을 위해 기도했고, 늙은 수녀들을 위해 기도했다. 세속의 법이 어촌계 주민들의 죄를 물을지라도 하느님께서는 그 가엾은 죄를 묻지 마시고, 하느님

with His will, and that in itself was Providence as well. So she thought as she cremated a patient who, with little time left on this earth after surviving his whole life in the leper colony, committed suicide one spring day by jumping off a cliff into the water. But not only did she not tell anyone what she thought, she discarded the thought which was about to turn into words. The suicide patient, who was the same age as Sister Lucia, had gone blind during his youth. His suicide note had only one sentence: "I'm going where I can see."

Sister Kim Lucia grew old on the island, but there was no place there for her to spend her remaining years. By the time she came to Bellflower Convent, she had trouble walking because of holes in her pelvic bones and difficulty breathing due to the desiccation of her heart. While the doctors gave her a long medical name for her condition, names were not what made or broke an illness.

On the day they assigned roommates, Sister Sohn Anna moved into the room Sister Kim Lucia had been using. Although leaning on a cane, Sister Anna walked into the room without anyone else's support. A staff member followed behind, carrying the bag that held her belongings. Sister Kim Lucia

의 부름을 기다리는 수녀들의 날들이 길어지지 않기를 장분도 신부는 성모께 간구했다.

마음이 몸을 느끼지 못하도록 기도는 집중되었다. 됐습니다. 이제 주무세요. 신부님이 기도하시는 뜻을 하느님께서 이미 알고 계십니다, 라는 성모의 목소리를 장분도 신부는 들었다. 장분도 신부는 자정이 넘어서 자리에 들었다. 어둠 속에서 휴대전화 문자신호가 울렸다.

―신부님, 저예요.

라고, 여섯 글자가 찍혀 있었다. 김루시아 수녀였다. 장분도 신부가 문자로 응답했다.

―아직 안 주무시는군요.

다시 문자가 들어왔다.

―약을 먹어도 잠이 안 와요.

―기도하십시오. 잠을 간구하십시오.

―기도 싫어요. 간구하면 잠이 더 안 와요. 신부님, 자고 싶어요. 영혼이 없었으면 좋겠어요.

―수녀님…….

―새들이 울어요, 신부님…….

sat up from her bed to greet Sister Sohn Anna.

—Welc—

That was all Sister Kim Lucia said. Seeing her new roommate's face, Sister Kim Lucia realized that she herself did not have much time left. The day they began to share the room, Sister Anna approached Sister Lucia and, holding her hand, tried to say something, which did not turn into sound. The two nuns made a sign of the cross while facing each other.

On the last day of the month of the Blessed Virgin, Father Jang Boon-do prayed into the night in front of the pieta at the parish rectory. He prayed for the people of the fishing village cooperative, and for the old nuns. Even if the law of the world held the people of the cooperative responsible for their trespasses, he prayed to the Holy Mother that God have mercy on the wretched souls, and that those nuns who were waiting for the call to meet their maker would not have to wait long.

The prayer became so focused that the mind was not aware of the body. That's enough; now get some sleep, for God already knows the intention of your prayer, Father Jang heard the voice of the

거기서 문자가 끊어졌다. 장분도 신부는 불안했다. 장분도 신부는 도라지수녀원 당직실에 전화를 걸어서 김루시아 수녀의 방에 가보라고 일렀다. 십 분쯤 후에 당직 직원이 장분도 신부에게 보고했다. 김루시아 수녀의 방에 가 보니까, 응급상황은 없었고, 어둠 속에서 두 수녀가 침대 위에 앉아 있길래 기도하는 줄 알고 물러나왔다고 직원은 말했다.

수녀들의 빨랫감은 사흘에 한 번씩 세탁부가 걷어갔다. 수녀들은 속옷이 바뀌지 않도록 색실로 표시를 해놓았다. 세탁부는 표시를 보고 누구의 옷인지를 알아서 나누어 주었고, 빨래가 잘못 배달되면 수녀들끼리 복도에서 만나서 바꾸었다.

빨래는 수녀원 뒷마당 빨랫줄에 널렸다. 속옷 가장자리에 실밥이 풀려 있었고, 뜯어진 솔기를 바늘로 기운 것도 있었다. 가을볕이 빨래에 스며서 낡은 섬유의 올이 투명하게 드러났다. 맑은 날에 마른 빨래는 바스락거리면서 빛 속으로 증발할 듯싶었다. 잠자리들이 조바심치다가 빨랫줄에 내려앉았다. 작대기로 버틴 빨랫줄

Holy Mother say. He went to bed past midnight. In the darkness, he heard a text alert from his phone.

—Father, it's me.

The short message was from Sister Kim Lucia. Father Jang texted back:

—Are you still awake?

A text came back:

—I can't sleep even after I take pills.

—Pray. Ask for sleep.

—I don't like praying. It's worse when I ask for sleep. Father, I want to sleep. I wish I did not have a soul.

—Sister⋯

—The birds are honking, Father.

The messaging stopped there. Father Jang became uneasy. He called the night desk at Bellflower Convent and asked someone to go check on Sister Kim Lucia. The staff member on duty called back about ten minutes later. He told Father Jang that there was no emergency, and the two nuns were sitting up in their beds in the dark, which he interpreted as praying, so he just left them be.

The laundress collected the laundry every three days from the nuns. Their underwear was marked

은 양쪽으로 늘어졌다. 바람이 불면 땅 위에서 빨래 그림자가 흔들렸다. 빨래 그림자들 사이에서 잠자리의 희미한 그림자가 땅을 스쳤다. 날이 좀 더 차가워지면 빨래는 굳으면서 말라갔고, 빨랫줄에 앉은 잠자리 날개는 수평을 잃고 아래로 처졌다.

김루시아 수녀는 가끔씩 대소변을 지렸다. 그것이 언제 몸 밖으로 새어나오는지를 김루시아 수녀는 알지 못했다. 잠과 깸 사이의 어느 갈무리할 수 없는 시간에 그것은 새어나오는 모양이었다. 수면제를 삼키고 눕는 새벽에, 잠과 깸은 비벼졌다. 코를 골면서, 자신의 코 고는 소리를 들으면서, 뒤척이는 밝을녘에 그것은 잠과 깸 사이를 건너 몸 밖으로 새어나왔다. 반쯤 잠들어서도 그것의 냄새를 느낄 수 있었다. 그 냄새가 잠의 나라에서 발생해서 깨어 있는 세상으로 걸어오는 것인지, 그 반대인지는 알 수가 없었지만 아랫도리가 젖어 있었고, 그것은 확실히 거기에 와 있었다.

그것이 새어나온 아침에 김루시아 수녀는, 아, 짧게 비명을 삼키면서 자리에서 몸을 꼬부렸다. 얼굴에 홍조가 올라왔다. 옆 침대의 손안나 수녀는 냄새를 맡고 돌

with colored thread so that there would be no mix-ups. The laundress checked the marks to tell which belonged to whom, and if there was a mix-up in the delivery, nuns would meet up in the hallway to make exchanges.

The laundry was hung over the clothesline in the backyard of the convent. Some articles of underwear had loose threads, and others had been stitched over where the seam had come apart. The autumn sun seeped into the laundry, the texture of whose diaphanous fabric was revealed. The rustling laundry that dried on clear days seemed about to evaporate into the light. Fidgety dragonflies sat down on the clothesline. Propped up by a wooden pole, the line sagged on either side. When the wind blew, the shadows of the clothes swayed on the ground. Between them, the faint shadows of dragonflies brushed the ground. When the days became a bit colder, the laundry hardened and the wings of the dragonflies sitting on the clothesline drooped.

Sister Kim Lucia sometimes soiled her underwear. She did not know when something came out of her body. The thing seemed to leak out during that amorphous time between sleeping and waking.

아누웠다. 돌아누워 주는 것이 예절이라는 것을 손안나 수녀는 알았고, 김루시아 수녀도 손안나 수녀가 베푸는 예절을 알고 있었다. 김루시아 수녀는 대소변을 지린 속옷을 세탁부에게 주지 않고 손수 빨았다. 김루시아 수녀는 빨랫감을 비닐백에 넣고 복도 벽에 의지해서 목욕실로 갔다. 거기서 김루시아 수녀는 몸을 씻었다. 몸이 남 같아서, 자신의 몸이 젊었을 때 나환자촌에서 씻겨주던 환자들의 몸처럼 느껴졌다. 몸과, 그 몸을 씻기는 또 다른 몸이 서로 힘들어하고 있었다. 김루시아 수녀는 거기서 속옷을 빨았다. 더럽혀진 옷을 버리고 새옷을 입는 편의를 김루시아 수녀는 배우지 못했다. 김루시아 수녀는 빨래에 비누칠을 해서 손으로 빨았다. 팔목 힘이 없어서 헹군 빨래를 짜지 못했다. 김루시아 수녀는 목욕실 뒷문으로 나와서 뒷마당 빨랫줄에 물이 듣는 속옷을 널었다. 속옷에 검은 색실로 R이라는 글자가 박혀 있었다. 속옷은 루시아의 것이었다. 빨래가 가을볕에 말라서 햇볕 냄새가 배었고 덜 빠진 오물이 희미한 얼룩으로 남아 있었다. R자 속옷 위에 잠자리 한마리가 내려앉았고, 바람이 불어서 속옷과 잠자리의 그

Sleeping and waking blended at dawn when she would lie down after swallowing sleeping pills. The thing crossed between sleeping and waking, and leaked out of her body near dawn, while she tossed and turned, listening to her own snoring. She could smell it even when she was half asleep. Although she did not know whether the smell originated from the land of sleep and walked over to the waking world, or the other way around, her lower body was wet, and the thing had definitely arrived there.

On the mornings when the thing had leaked out, Sister Kim Lucia would let out a short scream and curl up her body in bed. Her face would flush. In the next bed, Sister Sohn Anna would turn over upon smelling it. Sister Anna knew it was courtesy to turn away, and Sister Kim Lucia was aware of Sister Anna's consideration. Sister Lucia washed her soiled underwear herself instead of giving it to the laundress. She put the laundry in a plastic bag and went to the common shower room, holding herself up against the wall. There she washed her body. Her body was like that of another person to her; it felt like that of one of the leper colony patients whom she washed when she was young. Both the

림자가 땅 위에서 흔들렸다.

세탁부가 김루시아 수녀에게 오물 지린 속옷을 손수 빨지 말고 버리든지 맡기라고 말했을 때, 김루시아 수녀는 고개를 돌리고 얼굴을 붉혔다. 말을 잘못 꺼냈지 싶어서 세탁부가 오히려 민망했다. 세탁부는 김루시아 수녀가 새벽에 목욕실과 빨래건조장을 오가다가 넘어져서 다치게 되는 불상사를 걱정했다. 세탁부가 그 걱정을 장분도 신부에게 전했고, 장분도 신부는 김요한 주교에게 전했다. 김요한 주교는 문서로 회신했다.

—김루시아 수녀님의 빨래를 수거하지 마십시오. 누구에게나 그에게 맞는 고유하고 개별적인 방식으로 대하는 것이 인간의 예절이며 하느님의 뜻일 것입니다. 죄를 짓는 것도 죄를 고백하는 것도 죄의 사함을 받는 것도 개별적인 것입니다. 그러므로 우리는 원로 수녀님의 결벽과 수줍음을 존중해야 합니다. 성녀 마가레트의 뜻을 기억하십시오.

김요한 주교는 김루시아 수녀와 손안나 수녀가 쓰는 방을 목욕실 가까이 옮겨줄 것과 그 방을 자주 문안할 것을 간호사들에게 지시했다.

body being washed and the body washing it were having a hard time. Sister Lucia washed her underwear there. She had never learned the convenience of throwing away dirtied clothes and putting on new ones. Her wrists were too weak to ring out the rinsed underwear. She came out through the back door to the clothesline in the backyard and hung the dripping underwear. The letter L was stitched onto it in black thread. The underwear belonged to Lucia. The autumn sunshine dried the underwear—which had a faint stain that had not been completely removed—and left it smelling of the sun. A dragonfly sat on the underwear bearing the L, and their shadows on the ground swayed in the wind.

When the laundress told her either to hand over soiled underwear or throw it away instead of washing it herself, Sister Kim Lucia turned her head and flushed. Afraid that she should not have brought it up, the laundress felt awkward. She was concerned that Sister Lucia might get injured coming and going between the common shower room and the clothesline in the backyard in the early morning hours. She expressed her concern to Father Jang Boon-do, who in turn relayed it to Bish-

11월이 지나면 기온이 뚝 떨어지고 일교차가 커서 시간의 허방이 넓었다. 도라지수녀원에서는 한 달에 세 번씩 장례미사가 있었다. 장분도 신부가 미사를 집전했다. 일요일에는 아침 일곱 시에 주일미사를 드리고 나서 바로 장례미사가 이어지는 경우도 있었다. 장례미사가 너무 잦을 때 장분도 신부는 영성의 힘을 집중하기가 지쳐서 허덕였고, 김요한 주교가 도라지수녀원에 와서 미사 일정을 도왔다. 김요한 주교는 장례미사를 합동으로 드리지 못하도록 지침을 내렸다. 김요한 주교는 장례미사 때 강론에서 말했다.

삶은 죽음을 배제할 수 없지만, 죽음은 치유불가능한 몸의 유한성을 극복하는 구원의 문이다. 그러므로 부활한 예수의 빈 무덤에서 그리스도와 사도는 만나는 것이다, 라고.

걸을 수 없는 수녀들은 장례미사에 참례하지 않았다. 열댓 명만 관 둘레에 장궤했고, 상체를 세우지 못하는 수녀들은 바닥에 앉아서 벽에 기댔다. 수녀들은 울지 않았다. 똑같은 미사와 강론이 겨우내 계속되었다. 관들은 수녀원 뒷문으로 운구되어서 도라지동산에 묻혔

op Kim Johann. The bishop responded in writing:

—Please do not collect laundry from Sister Kim Lucia. It is human courtesy, as well as divine will, to treat each person in a unique and individualized way befitting her. Committing and confessing sins, as well as being absolved of them, are all individualized. Therefore, we must honor the elder Sister's fastidiousness and shyness. Please keep in mind Saint Margaret's message.

Bishop Kim Johann instructed the room of Sisters Kim Lucia and Sohn Anna be moved close to the shower room and asked the nurses to check in on them frequently.

After November, when the weather suddenly turned cold and there was a greater difference in temperature between night and day, time was spent less effectively. Bellflower Convent saw three funeral masses in a month. Father Jang Boon-do presided over them. Sometimes the seven o'clock Sunday morning mass continued right into a funeral mass. When Father Jang struggled with holding funeral masses too frequently and was too exhausted to gather his spiritual power, Bishop Kim Johann came to help out with the scheduled masses. The bishop gave directions not to hold a funer-

다. 묘지가 가까워서 운구하는 데 십오 분 정도가 걸렸다. 어촌계 마을의 남자들이 와서 관을 옮겼다. 장지까지 따라온 수녀는 너댓 명 정도였다. 관이 내려갈 때도 수녀들은 울지 않았다. 장분도 신부가 흙 위에 성수를 뿌렸다. 도라지동산에서 내려와서 수녀들은 각자의 방으로 들어갔다. 날이 저물어서 당직 직원이 여러 방들의 비상호출벨을 점검했다. 12월 들어서 두 번째 장례 미사가 있던 날 밤, 저녁기도가 끝난 시간에 장분도 신부는 김루시아 수녀의 전화를 받았다. 문자가 아니라 음성이었다.

　—새로 받은 수면제가 잘 들어요. 잠도 잘 오고 아침에 개운해요. 신부님, 잠은 아주 좋아요.

　—다행입니다, 수녀님. 어서 주무세요.

　—아직 일러요, 신부님.

　그럼 기도하십시오, 라는 말을 장분도 신부는 눌렀다. 김루시아 수녀가 말했다.

　—신부님, 관은 너무 좁아요. 전 그냥 해 주세요.

　—그냥요?

　—네, 그냥. 그냥 이대로 잠옷으로…….

al mass for more than one person. He said during the homily of a funeral mass:

—While life cannot exclude death, death is a door to salvation that overcomes the finitude of the unhealable body. Thus, the apostle meets Christ at the empty tomb of the resurrected Jesus.

Those nuns who were unable to walk did not attend funeral masses. As few as fifteen nuns genuflected around the coffin, and those who could not sit up on the floor by themselves leaned against the wall. The nuns did not cry. The same kind of masses and homilies continued throughout the winter. The coffins were carried through the convent's back door and buried on Bellflower Hill. With the cemetery so close, it took about fifteen minutes to bring the coffins there. Men from the fishing village came to carry them. Four or five nuns followed them to the burial. They did not cry as the coffins were lowered, either. Father Jang Boon-do sprinkled holy water on the dirt. Upon coming down from Bellflower Hill, each nun went into her room. When the sun set, the staff member on duty tested the emergency call buttons in many rooms. On the night when the second funeral mass of December was held, Father Jang Boon-do received a phone

―수녀님…….

　전화는 거기서 끊겼다. 장분도 신부는 다시 장궤하고, 김루시아 수녀를 재워주기를 하느님께 간구했다.

　추위가 깊어지자 손안나 수녀는 급속히 쇠약해졌다. 성대가 오그라지고 혀가 안으로 말려서 말하기가 어려웠다. 담당 간호사만 손안나 수녀의 말을 겨우 알아들을 수 있었다. 간호사에게 거꾸로 주사를 놓아주는 시늉을 하는 착란현상은 여전했다. 간호사는 손안나 수녀의 착란에 몸을 대주었다.

　성탄절이 지나고 나서 손안나 수녀는 고해성사를 받고 싶다는 뜻을 간호사 수녀를 통해서 장분도 신부에게 전했다.

　"아니, 수녀님이 무슨 고해할 일이……."

　"그야, 그분이 아실 테지요."

　"말씀도 잘 못 하실 텐데……."

　장분도 신부는 김요한 주교에게 문서로 물었다.

　공경하는 주교님, 죄를 고백하는 사람이 말을 잃어버려서 죄의 내용을 사제에게 전할 수 없고, 사제가 그 내용을 이해할 수 없을 때도 죄를 사할 수가 있겠습니까.

call from Sister Kim Lucia after his evening prayer.

—The new sleeping pills are working well. I fall asleep easily and I feel light in the morning. Father, sleep is a wonderful thing.

—Glad to hear, Sister. Please go to bed now.

—It's too early, Father.

Then pray, Father Jang Boon-do held himself back from saying. Sister Kim Lucia continued:

—Father, a coffin is too tight. Please put me in the ground as is.

—As is?

—Yes, as is. In the pajamas I'm wearing.

—Sister—

The phone call ended there. Genuflecting again, Father Jang Boon-do asked God to bring sleep to Sister Kim Lucia.

When the weather turned colder, Sister Sohn Anna's health rapidly deteriorated. She had trouble speaking; her vocal cords had shriveled up and her tongue curled inward. Only the attending nurse managed to understand her. The nun was still delirious, pretending to give injections to the nurse. The nurse yielded her body to Sister Anna's delirium.

김요한 주교는 닷새 후에 회신했다.

—고백하는 자의 간절함에 따라서, 사하여줄 수 있다고 생각합니다. 사한다는 것은 이미 저지른 죄업의 존재를 부인하는 것이 아니고, 영혼을 그 죄업에서 건져내는 것입니다. 그것은 말 너머에서 이루어지는 은총일 것입니다. 가서, 알아들을 수 없는 손수녀님의 죄를 사하여주십시오. 하느님께서 장신부님의 편임을 믿습니다.

손안나 수녀는 걷기가 어려웠다. 장분도 신부는 손안나 수녀의 병실로 가서 고해성사를 주었다. 간호사가 손수녀의 룸메이트인 김루시아 수녀를 휠체어에 태워서 방문 밖 복도로 나왔다. 거기서, 김루시아 수녀는 방 안의 고해성사가 끝나기를 기다렸다. 손안나 수녀가 해독할 수 없는 음향으로, 뭐라고 애써서, 간절히 질러대는 소리가 복도에까지 들렸다. 몸속 깊은 곳에서 밀려나오는 소리가 목구멍에서 짓눌려 음절을 이루지 못했다. 밤하늘에서 짖는 가창오리들의 울음소리를 김루시아 수녀는 떠올렸다. 손안나 수녀는, 어디서 그런 힘이 나오는지, 뭐라고 계속 소리질렀다. 장분도 신부의 목

After Christmas, Sister Sohn Anna sent word through the nursing nun to Father Jang Boon-do that she wanted to receive the sacrament of penance.

—Oh, what could she possibly have to confess?

—It's for her to know, I'm sure.

—She probably can't even speak.

Father Jang Boon-do asked Bishop Kim Johann in writing:

—Reverend Bishop, if a sinner has lost the ability to speak and cannot describe her sins to the priest, can the priest still grant absolution despite the fact that he cannot understand the details of the sins?"

Bishop Kim Johann's reply came five days later:

—My opinion is that the priest can grant absolution depending on the earnestness of the penitent. Granting absolution is not a denial of the existence of the sins already committed, but pulling the soul out of the sins. It is a grace given from beyond speech. Please go and absolve the indecipherable sins of Sister Sohn. I believe God is on your side, Father Jang.

Sister Sohn Anna had trouble walking. Father Jang Boon-do went to her room to hold the sacrament

소리도 덩달아 커졌다.

"수녀님, 됐습니다. 다 알아들었습니다. 그만하세요."

손안나 수녀가 고백하려는 죄가 대체 무엇일까를 헤
아리다가 김루시아 수녀는 두 손으로 귀를 막았다. 방
문을 열고 나오는 장분도 신부는 지쳐 보였다. 장분도
신부는 휠체어에 앉은 김루시아 수녀에게 고개를 숙여
서 인사했다. 장분도 신부가 말했다.

"수녀님, 수면제가 잘 듣는다면서요. 요즘 잘 주무시
지요?"

신부님이 불쌍하다……라고 김루시아 수녀는 말할
수가 없었다. 김루시아 수녀는 환자복 소매로 눈가를
닦았다.

12월에서 이듬해 2월까지, 손안나 수녀는 거듭해서
고해성사를 청했다. 장분도 신부는 그때마다 병실에 왔
다. 손안나 수녀는 알아들을 수 없는 소리를 질렀고, 장
분도 신부는 사하여 주었고, 김루시아 수녀는 복도로
나와서 귀를 막았다. 이제는 됐습니다, 다 됐어요, 라고
장분도 신부는 소리질렀다.

of penance. A nurse put Sister Kim Lucia, Sister Anna's roommate, in a wheelchair and brought her out into the hallway. Sister Lucia waited there for the end of the sacrament going on in the room. Sister Anna's earnest voice reached Sister Lucia in the hallway, straining to scream something incomprehensible. A sound was being pushed out from somewhere deep in the body but never turned into syllables, stifled in the throat. Sister Lucia was reminded of the honking of the squawk ducks in the night sky. Sister Anna kept on shouting something with remarkable energy. Father Jang Boon-do's voice became louder as well:

—Sister, that's enough. I've heard you well. You can stop now.

After wondering whatever sins Sister Sohn Anna was trying to confess, Sister Kim Lucia covered her ears with her hands. Father Jang Boon-do opened the door and walked out, looking exhausted. He bowed his head to greet Sister Lucia in the wheelchair:

—Sister, I hear the sleeping pills are working for you. I trust you are sleeping well these days.

You poor thing, Sister Kim Lucia could not bring herself to say to him. She wiped her eyes with the

2월 말에 김루시아 수녀는 룸메이트를 바꾸어 주거나 독방을 달라고 요청했다. 힘들어서 그런다……고, 김루시아 수녀는 말했다. 김요한 주교는 힘들어서 그런다……는 김루시아 수녀의 말을 힘 안 들이고 이해했다. 주교는 김루시아 수녀에게 독방을 주었다. 환자실과 간호사실을 줄이고 합쳐서 방 한 칸을 더 만들어 손안나 수녀를 옮겼다.

김루시아 수녀는 독방을 쓴 지 두 달 만에 죽었다. 부활주간의 첫째 날이었다. 김루시아 수녀는 아침에 복도 바닥에 쓰러진 사체로 발견되었다. 환자복 차림이었고 옷이 젖어 있었다. 침대에 오물이 묻어 있었고 빨랫줄에는 R자 속옷이 널려 있었다. 김루시아 수녀는 새벽에 대변을 지렸고 목욕실로 가서 몸을 씻고 속옷을 빨아서 뒷마당 빨랫줄에 널고 다시 병실로 돌아오다가 복도에서 쓰러진 것이었다.

김루시아 수녀의 몸은 작고 가벼웠고 꼬부라져서 늙은 태아 같았다. 죽은 몸은, 살았을 때의 소망에 따라 관에 담지 않고 잠옷 차림으로 들것에 실어서 도라지동산

sleeves of her hospice pajamas.

From December through the following February, Sister Sohn Anna repeatedly requested the sacrament of penance. Each time, Father Jang Boon-do came to her room. Sister Sohn Anna shouted unintelligibly, Father Jang gave her absolution, and Sister Kim Lucia came out into the hallway and covered her ears. It's all done now; it's done, shouted Father Jang.

At the end of February Sister Kim Lucia requested either a new roommate or a single room. She said it was difficult on her. Bishop Kim Johann understood without difficulty what she meant by its being difficult on her. They made an extra room by downsizing and combining patient- and nurses' rooms, and moved Sister Sohn Anna there.

Sister Kim Lucia died after two months alone in the room. On the morning of the first day of Easter Week, she was found dead, collapsed on the floor of the hallway. She was in her hospice pajamas, which were wet. Her bed was soiled, and underwear with an L stitched on it was hanging on the clothesline. Sister Lucia had soiled herself at dawn,

으로 옮겨졌다. 흙이 다 녹아서 땅은 삽을 편안히 받았
다. 흙 속에서 봄의 기운이 끼쳐왔다. 흙은 비리고 축축
했다. 장분도 신부가 장지에서 미사를 집전했다. 수녀
들 일곱 명이 장지까지 따라왔다. 손안나 수녀는 오지
못했다. 연락이 안 닿았는지, 유족은 아무도 오지 않았
다. 잠옷을 입은 시신이 내려갈 때 수녀들이 성호를 그
었고 장분도 신부가 성수를 뿌렸다. 인부들이 삽으로
흙을 퍼서 잠옷 위로 던졌다. 일교차가 커서, 늙은 수녀
들은 서둘러 장지에서 내려왔다. 수녀원 뒷마당 빨랫줄
에는 R자 속옷이 말라서 바람에 흔들렸다. 햇빛에 섬유
의 올이 한 가닥씩 드러났고, 거기서 덜 빠진 오물이 얼
룩져 있었다. 김루시아 수녀의 유품은 옷가지 몇 점과
묵주 한 개, 나환자촌에서의 일지를 기록한 노트 몇 권
이 전부였다. 옷가지는 태워서 없앴고 묵주와 노트는
교구청 자료실에 보관되었다. 김루시아 수녀의 사물함
서랍에서 은박지에 싼 약봉지가 발견되었다. 봉지 안에
는 수면제 몇 알과 도라지 씨앗 몇 개가 들어 있었다. 김
루시아 수녀는 수면제를 반 알씩 먹었는지 한 알 반씩
먹었는지 세 개는 온전했고 나머지는 반쪽이었다. 수녀

gone to the shower room to wash her body and her underwear, hung the underwear over the clothesline in the backyard, and then collapsed in the hallway on her way back to the room.

The body of Sister Kim Lucia was little, light and coiled like that of an old fetus. According to her wish, instead of being placed in a coffin, her dead body was put on a stretcher in pajamas and carried to Bellflower Hill. The ground had thawed, so the earth was agreeably receptive to shovels. A hint of spring emanated from the ground, which was musty and damp. Father Jang Boon-do presided over the mass at the burial site. Seven nuns followed him there. Sister Sohn Anna could not make it. There were no family members present; perhaps the convent staff had not been able to reach anyone. The nuns made a sign of the cross while the corpse wearing the pajamas was lowered, and then Father Jang sprinkled holy water. Workers shoveled dirt onto the pajamas. With the temperature dropping fast, the old nuns hurried to come back from the cemetery. On the clothesline in the convent backyard, the dried underwear with the L swayed in the wind. The sunlight exposed each thread of the fabric, which bore spots from stains that had

원 직원이 수면제와 씨앗을 쓰레기통에 버리고 방 안을 소독했다.

　김루시아 수녀를 묻은 오후에 장분도 신부는 손안나 수녀의 알아들을 수 없는 죄를 고백받고 사하여 주었다. 저녁에 장신부는 자전거를 타고 어촌계 마을로 돌아갔다. 썰물의 갯벌에서 석양이 퍼덕였다. 조개무덤 앞을 지날 때 장분도 신부는 자전거에서 내려 성호를 그었다. 밤에 김요한 주교가 장분도 신부에게 전화를 걸어왔다. 김요한 주교는,

　—오늘 수고 많으셨습니다.

라고 말했다.

《문학동네》 여름호, 2014

not been fully removed. Sister Kim Lucia left behind only a few articles of clothing, a rosary and a few notebooks of daily records from the leper colony. The clothes were burned, and the rosary and the notebooks were stored in the repository at the diocese. In her locker, a small paper bag for medications was found wrapped in aluminum foil. The bag contained some sleeping pills and bellflower seeds. Perhaps Sister Lucia took half a pill or one and a half pills at a time, for there were three and a half sleeping pills. Convent staff threw out the pills and the seeds, and disinfected the room.

Even after burying Sister Kim Lucia, Father Jang Boon-do listened to Sister Sohn Anna's indecipherable confession of sins and gave her absolution. He went back to the fishing village cooperative on his bike in the evening. The light from the setting sun flapped on the mud flat at low tide. As he passed by the clamshell mound, he got off his bike and made a sign of the cross. Bishop Kim Johann called Father Jang that night. The bishop said:

—Thank you for all you did today.

1) *Hwatu* is the Korean name for *hanafuda*, a type of playing cards popular in Korea, Japan, and parts of Hawaii, as well

as a general name for games played with the cards.

Translated by Chris Choi

해설

Afterword

생로병사의 시간과 자연의 미학

정홍수 (문학평론가)

김훈의 단편 「저만치 혼자서」는 철새가 떠나고 돌아
오는 충청남도 바닷가의 호스피스 수녀원에서 생의 마
지막을 향해 걸어가는 늙고 병든 수녀들의 시간을 그리
고 있다. 아마도 생로병사의 이야기는 김훈 소설의 일
관된 테마라고 할 수 있을 텐데, 작가는 거기서 불가항
력의 불가피한 세상의 질서를 압축적으로 보아내면서
세속적이고 동물적인 삶에 대한 역설적인 긍정과 아득
한 인간 존재의 허무를 오가는 특유의 소설 세계를 구
축해 나가고 있다. 그리고 널리 알려진 대로, 김훈 소설
은 인간 운명이 감당해야 할 그 긍정과 허무의 진자를
건조하면서도 탐미적인 역설의 문체로 표현한다. 소설

Birth-Aging-Illness-Death and
the Aesthetics of Nature

Jeong Hong-su (literary critic)

Kim Hoon's short story "Alone Over There" depicts the lives of ill and elderly nuns in a hospice convent near the seashore in Chungcheongnam-do, where migratory birds also stop. Kim Hoon has shown a consistent interest in the life-theme of birth, aging, illness and death in his novels. He constructs a world based on irresistible order in which our worldly, animal existence and its futility are accepted.

As is well known, Kim depicts this world in a dry yet ironic aesthetic style. His stylistic strategy is to evoke "what cannot be spoken" or "the blank space of silence" by articulating only what can be spoken. Although he depicts wretched facts of everyday

언어에 대한 작가의 태도는 '말할 수 있는 것만 말하기'로 요약될 수 있는데, 바로 그 자리에서 동시에 발생하는 문학적 효과는 '말해지지 않는 것' 혹은 '침묵의 여백'의 환기다. 김훈 소설이 건조한 기사문 투로 인간의 비루한 밥벌이와 생로병사를 산문적으로 담아낼 때, 시적 울림이 증폭되는 것도 그 때문이다. 우리는 흔히 이 '시적 울림'을 심미적인 독서 체험으로 환산하면서 김훈 소설의 탐미를 이야기한다. 그러나 보다 근본적인 자리에서 김훈 소설의 거절하기 힘든 아름다움을 생성시키는 것은 인간 삶을 바라보는 특유의 위상학일지도 모른다. 김훈 소설은 인간 삶을 얼마간 자연의 좌표 위로 돌려주려 한다. 그것이 김훈 소설이 인간 운명의 허무를 위로할 수 있는 유일한 방법이기 때문이다. 그리고 그때 잔혹하고 무심하지만 생존의 본능과 생로병사의 질서 그 자체이기도 한 자연은 혼돈을 포함하는 코스모스의 세계로 미학화된다. 인간 운명을 자연의 좌표 속으로 돌려준다는 것은 결국 이 아름다움의 허무에 동참한다는 것이며 그 질서를 수락한다는 의미이다. 김훈 소설에 탐미가 있다면, 그 탐미는 근본적으로 바로 이 지점에서 생겨난다. 그러나 개개 인간 운명의 고유성과 개

livelihood-earning-labor and birth-aging-illness-death in unemotional prose, these realities are ironically amplified with poetic resonances.

We often talk about Kim's aestheticism, based on our aesthetic reading experience arising from these poetic resonances. However, the irresistible beauty of Kim's novels may also come from his unique perspective on human lives. Kim's novels return human lives to the axes of nature, as the only way to acquire or give comfort about our futile human destiny.

In his perspective, nature—which is cruel and indifferent to us, but is also our survival instinct and the order of our life and death—is aestheticized to become the world of a cosmos that includes chaos. By returning human destiny to the axes of nature, Kim chooses to participate in its beautiful futility and to accept its order. If Kim's novels include aestheticism, it has to do with this decision to accept a natural order. However, if this acceptance does not respect an individual's human destiny and uniqueness, its beauty remains on the level of the abstract and the universal. Kim's novels try hard not to remain on this abstract level and to be faithful to individual facts. Even when human beings are

별성이 존중되지 않는다면, 그것은 추상과 보편의 아름다움일 테다. 그런 만큼 김훈 소설은 그 추상과 보편으로 넘어가지 않으려는 안간힘이기도 한데, 개개의 운명에 스민 낱낱의 사실에 대한 언어의 헌신과 집중이 특히 두드러지는 이유다. 무력하면 무력한 대로, 아니 무력하기 때문에 그 개별성 속에서 인간은 '겨우' 아름답다.

전쟁터에서 버려지고 죽어가는 이들을 돌보았던 12세기 라인강의 성녀 '마가레트'의 이름을 따서 지은 호스피스 수녀원이 언제부터인가 '도라지수녀원'으로 불리게 된 연유가 「저만치 혼자서」에는 나오거니와, 이 대목이야말로 생로병사의 인간 운명과 자연의 카오스모스(chaosmos)를 저만치에서 함께 지켜보려는 김훈 소설의 도저한 시선이 담긴 곳이라 할 만하다. 수녀원 옆 서향 언덕에 조성된 만여 평 묘지 한쪽에는 도라지 두어 포기가 저절로 올라와 꽃을 피운다. 호스피스 수녀원의 누군가가 죽어서 묘지에 묻힐 때면 살아 있는 수녀들은 묘지 뒤편에 핀 그 꽃을 물끄러미 쳐다보곤 한다. 흰 꽃도 있고 보라색 꽃도 있다. 수녀원에서 마지막 생명의 자리를 보전하고 있던 여든일곱 살의 오수산나 수녀는 도라지꽃의 색에 대해 이렇게 말한다.

helpless, or because of it, we manage to be beautiful.

"Alone Over There" explains why a hospice convent named after Margaret, a saint who took care of those left alone and dying on the battlefield along the Rhine River in Germany in the 12th century, began to be called *Doraji* (bellflower) Convent. His explanation reveals his distanced, yet friendly perspective on the cosmos-chaos ("chaosmos") of human destiny and nature. *Doraji* flowers bloom naturally on a western hill gravesite. Whenever a nun dies and is buried there, the remaining nuns stare at the white and violet *doraji* flowers. O Susanna, an 87-year-old nun, says about the colors of the *doraji* flowers:

The white color of the white bellflower is not merely white; it is in command of each and every dormant color while it drifts toward black. If you look under the stamens around dusk, you can clearly see the faint black that spreads around the far outer edges of the white like an evening glow. [...] And like that, the bellflowers gave name to this hospice convent where life spreads over into death.

"백도라지꽃의 흰색은 다만 하얀색이 아니라 온갖 색의 잠재태를 모두 감추어서 거느리고 검은색 쪽으로 흘러가고 있지요. 저녁 무렵에 꽃술 밑을 들여다보면 하얀색의 먼 저쪽 변두리에 노을처럼 번져 있는 희미한 검은색을 분명히 볼 수 있습니다. (……) 도라지는 삶에서 죽음으로 번지면서 건너가는 이 호스피스 수녀원의 이름으로, 저절로 그렇게 되어졌어요."

여기서 '하얀색의 먼 저쪽 변두리에 노을처럼 번져 있는 희미한 검은색'은 늙은 수녀의 마지막 시선에만 겨우 보이는 것일 테다. 이 소설을 떠받치고 있는 또 하나의 시선이자 목소리가 주교 김요한의 것인데, 그는 흰 도라지꽃에서 죽음의 색을 보는 늙은 수녀의 환상에 대해서 아무런 사목지침을 내놓지 않았다고 작가는 전한다. 신생과 부활이라는 하느님의 뜻을 전하는 그에게도 죽음은 여전히 두렵고 알 수 없는 자연의 영토이기 때문일까. 해서는 미군 기지촌에서 평생을 봉사한 손안나 수녀의 흐릿한 의식 속에서 도라지공원묘지와 기지촌 여인들의 묘지가 하나로 겹칠 때, 그 '자연'은 손안나 수녀의 늙고 병든 몸과 기지촌 여인들의 개개 운명 옆에 말없이 존재한다. 평생 나환자들의 몸을 씻기고 보살핀

"The faint black that spreads around the far outer edges of the white like an evening glow" should be visible only to the line of sight of the nun who is dying. Another perspective and voice that drives this story is that of Priest Kim Yohan. The narrator says that Priest Kim didn't offer any pastoral guidance for the dying nuns' illusion: seeing black, the color of death, from white *doraji* flowers. Is it because death is a realm unknown and terrifying even to him, a priest who delivers God's message of rebirth and resurrection?

When the *Doraji* Cemetery and military camp town cemetery overlap in the misty vision of the nun Son Anna, who has spent all her life serving women in the camp town, "nature" remains silent in front of both the aged and ill body of this nun and the individual destinies of camp town women. When Nun Kim Lucia has her own urine-stained body washed after a life of washing and taking care of Hansen's disease patients, "nature" is fluttering with her lightly stained underwear on the clothesline.

"Alone Over There" is also about the cry of a flock of Baikal teal and a ten-thousand-year-old shell mound on the shore in a seaside village. From

김루시아 수녀가 대소변을 지리는 자신의 몸을 힘겹게 씻길 때, '자연'은 그녀가 빨랫줄에 걸어 넌 희미한 얼룩의 속옷과 함께 펄럭이고 있을 것이다. 그러므로 결국 「저만치 혼자서」는 늙고 병든 수녀들이 잠 못 이루는 밤에 듣는 가창오리떼의 울음소리이자, 어촌계 마을 갯가에 남아 있는 만 년 전 조개무덤의 이야기가 된다. 순교자 집안에서 나고 자란 젊은 장분도 신부가 손안나 수녀의 알아들을 수 없는 고해성사를 들어주는 일이란 그러므로, 그 신석기 시대의 패총 앞에서 성호를 긋는 일과 다르지 않은 것이다. 김훈의 「저만치 혼자서」는 생로병사의 시간을 건너가는 개개 인간의 운명을 저만치 핀 도라지꽃의 색, 조개무덤 너머의 시공을 건너온 가창오리떼의 울음, 빨랫줄에 널린 속옷의 얼룩 옆에 놓아두면서 그렇게, 냉혹하고 무심한 사실의 자연 앞에서 소설의 언어를 멈춘다.

this perspective, a young priest, Chang Bun-do, performing the sacrament of penance for Nun Son Anna, whose words are inarticulate, is the same as making the sign of the cross in front of the Neolithic era shell mound.

Thus, by juxtaposing our individual lives and deaths with the color of *doraji* flowers blooming in the distance and the cry of the flock of the Baikal teal coming across the time of the shell mound, Kim Hoon's "Alone Over There" subordinates its fictional language to the cruel and indifferent facts of nature.

비평의 목소리

Critical Acclaim

김훈의 소설에서, 전쟁이란 그가 생각하는 세상의 됨 됨이를 축약해 보여주는 드라마틱한 알레고리다. 그 세상이란 보이지도 않고 알 수도 없는 적의와 맞서 무의미하고 불가능한 싸움을 계속할 수밖에 없는 곳이고 (『칼의 노래』), 살아남기 위해 견딜 수 없는 치욕을 견디거나(『남한산성』) 제 발로 엎드려 기어들어가야 하는 지옥과 같은 곳이다(『현의 노래』). 김훈의 소설은 그 참혹한 세상에 무력하게 홀로 맞선 자의 우울한 독백이다. 따라서 그의 소설은 역사소설이라는 외양을 하곤 있으나 본질적으로는 역사의 옷을 빌려 (작가가 생각하는) 세상의 이치와 자아의 자리를 되새기는 자의식적 소설이다.

In Kim Hoon's novels, the war is a dramatic allegory and a condensed version of our world. To Kim, this world is a place where we are destined to conduct a meaningless and futile fight against invisible and unrecognizable enemies (*The Song of a Knife*), a place where one has to endure humiliation to survive (*The Namhan Sanseong Fortress*), and a place like hell where one has to enter voluntarily (*The Song of Strings*). Kim's novels are gloomy soliloquies of a man who helplessly confronts a miserable world. Therefore, although they appear to be historical novels, they are essentially works of consciousness, where the author reflects on the order of the

그런 의미에서 그의 소설은 (이런 표현이 가능하다면) '독
백적 역사소설'이라고 할 수 있다.

김영찬, 「김훈 소설이 묻는 것과 묻지 않는 것」,

《창작과비평》, 2007년 가을호.

김훈은 똥과 오줌으로 상징되는 육체의 타자성을 어
떤 경우에도 놓지 않는다. 그리고 그 앞에서 다시 말할
수 있는 것과 말할 수 없는 것을 분별한다. 말할 수 없는
것에 대해서는 말할 수 없다고 말하는 일이 논리학의
소관이 아니라 윤리학의 소관이라면, 김훈의 타자론(他
者論)은 또한 그 윤리학의 그늘 안에 있을 것이다. 그에
게 타자는 무엇인가. 그의 첫 단편 「화장」은 이 질문에
대한 전력투구의 응답이다. 김훈은 늙은 아내의 죽음과
젊은 부하직원 추은주의 출산에 대해 말한다. 그의 말
은 차갑도록 객관적인데, 실상 이 소설의 시선은 기자
의 그것과 다르지 않다. 기자의 윤리는 팩트와 육하원
칙에 근거하는 것이다. 인간의 팩트는 몸이고 그 몸의
육하원칙은 생로병사일 것이다. 그래서 김훈은 몸과 그
생로병사를 기록하는 데 몰두한다. 그런 맥락에서 아내
의 죽음과 추은주의 생명(출산)은 그것이 모두 '몸의 일'

world and our place in it. In this sense, we might call them "soliloquial" historical novels, to coin a word.

Kim Yeong-chan, "What Kim Hoon's Novels Ask and Not,"

Changjak-gwa-Pipyeong Autumn 2007.

Kim Hoon never lets go of the "other-ness" of the human body, symbolized by excrement and urine. He then differentiates between what can be said and what cannot be said about it. If the act of saying that which cannot be said belongs to the realm of ethics rather than logic, Kim Hoon's theory of the "other" also falls into this realm of ethics. What is the "other" to Kim? His first short story, "Cremation," is his all-out effort to answer this question. This work describes the death of the protagonist's elderly wife and the giving of birth by a young subordinate, Kim Eun-ju. The writing is quite cool and objective; in fact, the main perspective is not so different from that of a reporter. A reporter is ethically required to describe everything, based on facts and the journalistic principles of who, what, where, when, why, and how. The fact of human beings is their bodies, and their principles are birth, aging, illnesses, and death.

이라는 측면에서는 원리적으로 다르지 않다. 그렇다면 이 타자들 앞에서 또다시 말할 수 있는 것과 말할 수 없는 것을 분별한다는 것은 무엇인가. 말할 수 있는 것은 도대체가 인간에게는 몸이 있다는 바로 그 '사실'일 것이다. 말할 수 없는 것은 그 몸의 일들이 갖는 '의미'이다. 사실과 의미 사이에는 아득한 거리가 있다. (……) 이런 식의 세계관은 정말이지 고통스러운 것이다. 그러나 타인의 고통을 이해할 수 없다고 말하는 자의 고통은 윤리적이다. 이것이 기왕의 한국소설에서 접하기 어려웠던 김훈의 유물론이고 유물론적 타자론이다.

신형철, 「김훈 소설에 대한 단상」, 《문학동네》, 2007년 겨울호.

김훈은 「뼈」에서 성과 속의 존재방식에 대해 묻고 있는 듯이 보인다. 그러나 예의 김훈 소설이 그렇듯 그 질문은 속되고 혼란스런 인간의 풍속과 인간의 유한한 시간을 수락하는 허무와 비관의 서사 속에 음화처럼 있을 뿐이다. 이 강박적인 김훈 소설의 거듭되는 정황에 특별히 놀랄 일은 없겠지만, 그 음화의 울림이 매번 비슷하게 반복되는 것도 아니고 그때마다 그 울림에 봉사하는 언어의 특정한 채집을 볼 수 있다는 것은 김훈 소설

Hence, this short story focuses on the description of bodies and their transformations. In this context, the wife's death or Kim Eun-ju's childbirth in principle are on an equal plane.

Then what does it mean to differentiate between what can be said and cannot be said about them? What can be said is the *fact* of their bodily existence. What cannot be said is their *meaning*. There is an unbridgeable gap between facts and their meanings. It is painful to live based on this kind of a worldview; however, the pain of a person who says he cannot understand other people's pain is a matter of ethics. This is Kim Hoon's materialism and materialistic view of the other, an attitude unique in Korean fiction.

Shin Hyeong-cheol, "A Brief Expose on Kim Hoon's Fiction,"
Munhakdongne Winter 2007.

In his short story "Bones," Kim Hoon appears to question the mode of existence of both the holy and the secular. However, as in all his works, this questioning exists as a sort of negative within the narrative of futility and pessimism, a narrative accepting vulgar and chaotic human manners and limited human time. Hence, there is no reason why

을 읽는 특별한 즐거움이라고 할 수 있다. 예컨대 「항로 표지」에서 '12초 1섬광, 20초 1섬광, 6초 1섬광' 등으로 개별 등대들의 고유성을 긴박하게 호명할 때, 그것은 한치 앞을 알 수 없는 속수무책의 망망대해를 저마다의 희미한 불빛에 의지해 항해해야 하는 현대인의 운명에 그대로 달라붙는다. 그런데 이 경우 인간적 호흡을 배제하고 사물의 냉연한 질서를 부각시키는 호명의 레토릭이 일정한 문학적 효과를 얻고 있다면, 「뼈」에서 작가는 "속세 생각 나네요"라는 여승의 한마디에서 '시옷' 발음 세 개가 스치는 소리를 포착함으로써 인간사의 내밀한 안쪽을 단숨에 열어 보인다.

정홍수, 「불가능의 역설을 사는 소설의 운명」,

《창작과비평》, 2006년 여름호.

김훈은 인간의 삶을 비롯한 모든 존재의 본질은 근본적으로 알 수 없다고 믿는다는 점에서 불가지론자이며, 그것을 명징한 것으로 포획하는 모든 기호들을 의심한다는 점에서 회의론자이고, 그 자신이 기호화해낸 것의 절대성을 주장하지 않는다는 점에서 상대론자이다. 김훈에게는 기호의 대척점에 자리한 것이야말로 삶의 실

we should be particularly surprised at his obsessive repetition of the same question. His individual work indeed gives us unique pleasure through specific examples, quite unlike any other examples in his other works. For instance, when the narrator of "Beacon" urgently flashes individual beacons, as in "twelve seconds 1 flash, twenty seconds 1 flash, six seconds 1 flash," this interpellation echoes modern humanity's destiny, as people must sail a vast sea blindly and helplessly, relying only on their own hazy flashes.

While Kim achieves a cogent literary effect through the rhetoric of interpellation, highlighting the cold order of things and excluding human breaths in "Beacon," in his short story "Bones" he also opens up the secret, inner space of human affairs by capturing three "s" sound in a female monk's remark, "Sokse saeng'gak naneyo [I remember the secular society]."

Jeong Hong-su, "Destiny of the Novel Living the Paradox of Impossibility," *Changjak-gwa-Pipyeong* Summer 2006.

Kim Hoon is an agnostic who believes that we cannot know the essence of existence, including human lives. He is also a skeptic, who questions all

체이지만 역설적으로 그것은 그 대척에 자리하기에 인간의 말로는 포섭해낼 수 없는 어떤 것이다. 여성의 몸이 소설가 김훈의 탐구 대상이 된 것은 그것이 그가 어떠한 방식으로든 경험할 수 없는 실체이자 기호적 세계의 반대편에 있는 것이라는 인식으로부터 연유한다. 달리 말해 그에게 여성의 몸은 기호라는 헛것에 의해 죽지 않은 무엇이지만,『강산무진』의 인물들은 여성의 몸을 통해 대신 실체의 소멸과 마주하기에 이른다.

차미령,「말해질 수 없는 것들을 위하여,

말해지지 않은 것들을 향하여」,《문학동네》, 2006년 여름호.

signs that try to capture human lives clearly. He is a relativist who does not claim absolute truth of his own significations. To Kim Hoon, what is on the opposite side of signs is the substance of our lives; but, paradoxically, this substance cannot be captured in language. Kim Hoon explores the female body precisely because it is what he cannot experience in any way, and thus it lies on the opposite side of signs. In other words, the female body is something that hasn't been killed by the falsity called signs. Yet characters in *Kangsanmujin* [Endless World] end up confronting the extinction of substance through the female body.

Cha Mi-ryeong, "For What Cannot Be Said, Toward What Haven't Been Said," *Munhakdongne* Summer 2006.

김훈

1948년 서울에서 태어났다. 부친은 소설가이자 언론인인 김광주이다. 고려대 정외과에 입학, 3학년 때 영문과로 편입했으나 학업을 다 마치지 않고 군 복무 후 한국일보에 입사한다. 이후 오랫동안 기자로 일했다. 1994년 《문학동네》 창간호에 소방관 이야기를 다룬 장편소설 『빗살무늬토기의 추억』을 연재하며 작품 활동을 시작했다. 2001년 '소설 이순신'이란 부제를 단 장편 『칼의 노래』를 출간, 평단과 독자들의 뜨거운 반응을 불러일으켰다. 이 작품은 그해 동인문학상을 받았다. 2004년 단편 「화장」으로 이상문학상을, 2005년 단편 「언니의 페경」으로 황순원문학상을 받았다. 2004년 가야에서 태어나 신라에 투항한 음악가 우륵의 운명을 그린 장편 『현의 노래』를 출간했다. 2007년 인조의 치욕을 다룬 장편 『남한산성』을 출간하고 이 작품으로 대산문학상을 받았다. 그밖에 장편 『개』(2005), 『내 젊은 날의 숲』(2010), 『흑산』(2011)을 출간했다. 『흑산』은 한국가톨릭문학상을 받았다. 소설집으로는 『강산무진』(2006)과 『공무도하』

Kim Hoon

Kim Hoon was born in Seoul in 1948 to renowned novelist and journalist Kim Gwang-ju. He entered the Political Science Department at Korea University and switched to the English Department in his junior year, but never finished his university education. After serving his compulsory military term, he joined the *Hankook Ilbo* newspaper, and since then worked as a journalist for many years.

He made his literary debut in 1994, when he began serializing *Comb-Pattern Pottery*, a novel about a firefighter, in the inaugural issue of the literary quarterly *Munhakdongne*. His novel *The Song of a Knife* (2001), subtitled "Yi Sun-shin, a Novel," garnered great critical and popular success. He won the Dong-in Literary Award for it in 2001. He won the Yi Sang Literary Award for his "Cremation" in 2004, and the Hwang Sun-won Literary Award for a short story, "Sister's Post-menopause," in 2005. In 2004, he also saw the publication of *The Song of Strings*, a novel depicting the life of Ureuk, a Gaya musician who defects to Silla. He won the Daesan

(2009)가 있다. 뛰어난 에세이스트이기도 한 작가는 산문집으로『풍경과 상처』『내가 읽은 책과 세상』『자전거 여행』등을 펴냈다.

Literary Award in 2007 for *Namhan Sanseong Fortress*, a novel about the humiliating experience of King Injo. His other novels include *A Dog* (2005), *The Forest of My Youth* (2010), and *Heuksan* (2011). He won the Korean Catholic Literary Award for *Heuksan*. His short-story collections include *Kangsanmujin* [Endless World] (2006) and *Kongmudoha* [Lover, Please Don't Cross That Stream] (2009). A superb essayist, his publications include such essay collections as *Scenes and Wounds* (1994), *Books I Read and the World* (1996), and *Bicycle Trip* (2000).

번역 **크리스 최** Translated by Chris Choi

인문학자, 문화교육 컨설턴트. 매사추세츠 공대와 하버드대에서 비교문학 박사 포함 총 네 개의 학위를 받았으며, 현재 뉴욕에 있는 컨설팅 펌 Educhora의 공동대표이자, 그와 연계된 비영리단체 Educhora Culture의 디렉터이다.

Chris Choi is apparently into balance. Bicultural and bilingual, she earned two degrees from M.I.T., then two more at Harvard, her final one a doctorate in Comparative Literature. As President of Educhora, she researches, consults and facilitates learning on linguistic and cultural interaction, transition, fluency and impact. In addition to also directing the not-for-profit Educhora Culture, she spends time enjoying sports and fashion.

감수 **전승희, 니키 밴 노이**
Edited by Jeon Seung-hee and Nikki Van Noy

전승희는 서울대학교와 하버드대학교에서 영문학과 비교문학으로 박사 학위를 받았으며, 현재 하버드대학교 한국학 연구소의 연구원으로 재직하며 아시아 문예 계간지 《ASIA》 편집위원으로 활동 중이다. 현대 한국문학 및 세계문학을 다룬 논문을 다수 발표했으며, 바흐친의 『장편소설과 민중언어』, 제인 오스틴의 『오만과 편견』 등을 공역했다. 1988년 한국여성연구소의 창립과 《여성과 사회》의 창간에 참여했고, 2002년부터 보스턴 지역 피학대 여성을 위한 단체인 '트랜지션하우스' 운영에 참여해 왔다. 2006년 하버드대학교 한국학 연구소에서 '한국 현대사와 기억'을 주제로 한 워크숍을 주관했다.

Jeon Seung-hee is a member of the Editorial Board of *ASIA*, is a Fellow at the Korea Institute, Harvard University. She received a Ph.D. in English Literature from Seoul National University and a Ph.D. in Comparative Literature from Harvard University. She has presented and published numerous papers on modern Korean and world literature. She is also a co-translator of Mikhail Bakhtin's *Novel and the People's Culture* and Jane Austen's *Pride and Prejudice*. She is a founding member of the Korean Women's Studies Institute and of the biannual Women's Studies' journal *Women and Society* (1988), and she has been working at 'Transition House,' the first and oldest shelter for battered women in New England. She organized a workshop entitled "The Politics of Memory in Modern Korea" at the Korea Institute, Harvard University, in 2006. She also served as an advising committee member for the Asia-Africa Literature Festival in 2007 and for the

니키 밴 노이는 하버드대학교에서 인문학을 공부하고 보스턴에서 활동하는 작가이자 프리랜서 기고가 겸 편집자이다. 18살 때 처음 《보스턴글로브》 신문의 편집에 참여한 이래 랜덤하우스와 《네이처》 잡지 등의 출판사에서 수많은 책을 만드는 작업을 하며 줄곧 글을 쓰고 편집하는 생활을 해왔다. 저서로 사이먼 앤 슈스터 출판사에서 출판된 『골목의 새 아이들: 다섯 형제와 백만 자매들』과 『그렇게 많은 할 말들: 데이브 매쓔즈 밴드―20년의 순회공연』 등 두 권의 음악 관련 전기가 있다. 글을 쓰거나 편집하지 않을 때는 요가를 가르치거나 찰스 강에서 카약이나 서프보드를 타며 장거리 자동차 여행을 통해 모험을 즐긴다.

Nikki Van Noy is a Boston-based author and freelance writer and editor. A graduate of Harvard University, she first worked in an editorial capacity at the *Boston Globe* at the age of eighteen, and has never looked back. Since then, Nikki has work at a host of book and magazine publishing companies, including Random House and *Nature* magazine. In addition to her editing work, Nikki authored two music biographies, *New Kids on the Block: Five Brothers and a Million Sisters* and *So Much to Say: Dave Matthews Band—20 Years on the Road*, published by Simon & Schuster. When she's not writing or editing, you can find her teaching yoga around Boston, kayaking and paddle boarding on the Charles, or chasing down adventure on a road trip.

바이링궐 에디션 한국 대표 소설 085

저만치 혼자서

2014년 11월 14일 초판 1쇄 발행

지은이 김훈 | 옮긴이 크리스 최 | 펴낸이 김재범
감수 전승희, 니키 밴 노이 | 기획위원 정은경, 전성태, 이경재
편집 정수인, 이은혜, 김형욱, 윤단비 | 관리 박신영 | 디자인 이춘희
펴낸곳 (주)아시아 | 출판등록 2006년 1월 27일 제406-2006-000004호
주소 서울특별시 동작구 서달로 161-1(흑석동 100-16)
전화 02.821.5055 | 팩스 02.821.5057 | 홈페이지 www.bookasia.org
ISBN 979-11-5662-049-5 (set) | 979-11-5662-059-4 (04810)
값은 뒤표지에 있습니다.

Bi-lingual Edition Modern Korean Literature 085

Alone Over There

Written by Kim Hoon | **Translated by** Chris Choi
Published by Asia Publishers | 161-1, Seodal-ro, Dongjak-gu, Seoul, Korea
Homepage Address www.bookasia.org | **Tel**. (822).821.5055 | **Fax**. (822).821.5057
First published in Korea by Asia Publishers 2014
ISBN 979-11-5662-049-5 (set) | 979-11-5662-059-4 (04810)

바이링궐 에디션 한국 대표 소설

한국문학의 가장 중요하고 첨예한 문제의식을 가진 작가들의 대표작을 주제별로 선정!
하버드 한국학 연구원 및 세계 각국의 한국문학 전문 번역진이 참여한 번역 시리즈!
미국 하버드대학교와 컬럼비아대학교 동아시아학과, 캐나다 브리티시컬럼비아대학교 아시아
학과 등 해외 대학에서 교재로 채택!

금기와 욕망 Taboo and Desire